LE MASQUE
Collection de romans d'aventures
créée et dirigée par
ALBERT PIGASSE

J'AIMAIS BIEN ROWENA...

EXBRAYAT

J'AIMAIS BIEN ROWENA...

PARIS
LIBRAIRIE DES CHAMPS-ÉLYSÉES

A la mémoire de Jean-Marc
mon ami.

C. E.

CHAPITRE PREMIER

I

Maintenant, pour moi, c'est fini.

Tout s'est déclenché, il y a huit mois. Je sortais de chez mon copain, Freddy Santurno qui tient une sorte de bar-restaurant dans Myrtle Street. Il y a une douzaine d'années que je suis fidèle à la cuisine de Freddy. D'abord, parce que pour l'osso-bucco, il n'a pas son pareil dans Washington, ensuite parce que ses grands-parents sont arrivés d'Italie en même temps que les miens. Je venais d'être nommé lorsque je suis entré chez lui, par hasard, et que j'ai dégusté mon premier osso-bucco. A présent, je n'ose plus compter combien il m'en a servi. Il faut dire que je suis fidèle dans mes goûts comme dans mes amitiés et aussi que je n'ai jamais pu me faire complètement à la cuisine américaine. Dans la Petite Italie où j'ai été élevé, à New York, on se nourrissait de façon identique, j'imagine, qu'à Florence, à Livourne ou à Rome. Chez nous, on avait la religion de l'osso-bucco à cause de ma grand-mère qui, déjà à Pise où elle s'était mariée, avait une flatteuse réputation de cuisinière. Dans le quartier, chaque mercredi, les bonnes femmes du coin, quand elles passaient devant notre maison, s'arrêtaient un instant, humaient l'air et déclaraient :

— L'Amélia prépare l'osso-bucco, ils vont encore se lécher les doigts aujourd'hui chez les Pratoni.

Et les hommes qui respiraient ces senteurs trouvaient toujours mauvais le repas que les femmes leur servaient ce jour-là.

Je sortais donc de chez Freddy. Il devait être environ dix heures du soir et je rentrais chez moi du pas du bon bourgeois paisible qui n'est pas pressé car personne ne l'attend à la maison. J'allais tourner dans ma rue lorsque je me sentis tiré par la manche et par quelqu'un qui s'était approché de moi avec tant de précaution que je ne l'avais pas entendu venir. Quand il me toucha, je sursautai. Dans mon métier, on n'aime pas à être surpris. Je me retournai assez brutalement et reconnus Phil Huntly, mon plus fidèle indicateur. Feignant de me demander du feu, il chuchota :

— Je crois que ça y est, patron. Je l'ai repéré.

Phil n'avait nul besoin de me souligner de qui il s'agissait. Depuis deux ans, Lee Shopleigh était ma bête noire et depuis deux ans, Huntly essayait de découvrir l'endroit où il se cachait. Trois meurtres dont l'un perpétré sur la personne d'un agent fédéral, une dizaine de hold-up, tel était le palmarès de Mr. Shopleigh. Il y avait vingt-cinq mois que j'essayais, en vain, de mettre la main sur Lee. Mais le bougre était malin. A peine me le signalait-on à un endroit qu'il était déjà parti lorsque j'y arrivais. Cela tournait à l'obsession. C'était devenu une affaire personnelle entre le criminel et moi. Je savais et il savait que je ne lâcherais pas. Je suis un obstiné et au FBI, on a coutume de dire : « Têtu comme Tony Bellano ». Tony Bellano, c'est moi. Têtu, je le suis en effet et quand j'ai décidé quelque chose, il est difficile de me faire changer d'avis. Lorsque je suis une piste, le président des Etats-Unis lui-même pourrait me téléphoner pour me prier de passer sur un autre chemin, je lui répondrais :

— Monsieur le Président, je vous respecte, je vous salue, mais pour ce qui est de mon métier, je n'ai d'ordre à recevoir de personne en dehors de mes chefs.

Et je me brouillerais avec la Maison Blanche. Il faut reconnaître que nous, les Italo-Américains — les Ritals ainsi qu'ils nous appellent — on a toujours un peu l'impression d'être, non pas brimés, mais pas tout à fait mis sur un pied d'égalité avec les autres. Dès lors, il est normal que nous essayions de prouver à ceux qui sont autour de nous que nous valons largement autant qu'eux. C'est ainsi qu'avec ce léger fond de hargne latent, je me suis créé une assez solide réputation de mauvais coucheur au FBI où j'ai l'honneur d'être lieutenant. Je dois avouer que sans se soucier de l'opinion de ses collègues, mon patron direct, Mervyn Brechin, me tient pour un des meilleurs collaborateurs. Je n'en souhaite pas plus.

Phil a passé son bras sous le mien et s'est remis en route en titubant légèrement. Les gens nous croisant devaient avoir l'impression que nous étions deux copains ayant fêté un peu trop abondamment un événement heureux et que le moins soûl des deux ramenait l'autre au bercail. Nous avons couvert une cinquantaine de mètres, puis j'ai murmuré :

— Où est-il ?

— A Conway, une petite ville de l'Arkansas, proche de Little Rock. Il habite dans Maliboru Street au 32, troisième étage chez une certaine Mrs. Marylin Brandon, veuve d'un gangster abattu il y a deux ans par une bande rivale. Il a dû lui filer un joli paquet pour qu'elle consente à l'héberger. Un homme recherché par la police de je ne sais combien d'Etats et qui a le FBI au train !

— Le tuyau est bon ?

— J'en suis presque sûr. Je l'ai eu par Bill Maxence. C'est un de ses cousins que Lee a contacté en vue de se faire établir de faux papiers pour filer au Mexique. Si je peux me permettre de vous donner un conseil, lieutenant, faudrait faire vite !

— O.K., Phil. Voilà vingt dollars et si le coup réussit, il y en aura cent de plus, avec en prime un grand coup d'éponge sur l'ardoise que tu as chez tes amis de la police.

Je n'avais plus sommeil. Rentré chez moi, je consultai l'horaire des avions mais aucun ne me convenait. Alors, j'ai appelé Brechin. Il devait dormir car, tout de suite, il s'est mis en colère.

— Quoi ? Qu'est-ce qu'il y a ? Qui est à l'appareil ?

— Tony Bellano.

— Qu'est-ce qu'il vous prend, Tony ? Vous êtes devenu dingue pour réveiller un honnête homme à une heure pareille ? Je ne suis pas un noctambule de votre espèce, moi !

— Patron, je l'ai repéré.

— Non ?

— Si.

Lui non plus n'avait pas besoin qu'on lui expliquât de qui il était question.

— Où est-il ?

— A Conway.

— Où est-ce qu'il perche, ce patelin ?

— Dans l'Arkansas.

— Bon, et alors ?

— Je file.

— Seul ?

— Avec votre permission, j'emmène Barrhead et Dalry.

Il ricane.

— Naturellement ! Vous alertez la police de là-bas ?

— Je préfèrerais pas.

— Vous auriez tort. Vous savez aussi bien que moi que Lee est un coriace. Il a déjà tué un des nôtres. Il ne paiera pas une addition plus lourde s'il en démolit un ou deux de plus et puis les flics de province sont susceptibles.

— D'accord. Je les contacterai en arrivant.

— Comment allez-vous à Conway ?

— Il faut absolument que j'arrive avant que Shopleigh ne soit levé. Pas de service régulier évidemment, mais un avion de tourisme peut se poser sur le terrain de Conway.

— D'accord. J'appelle les gars. Soyez à l'aérodrome dans une heure et bonne chance.

— Ne vous tracassez pas pour moi, vous n'ignorez pas que je réussis toujours ce que j'entreprends.

Je l'entends soupirer.

— Mon pauvre Tony, je crains fort qu'un de ces

jours, votre invraisemblable confiance en vous ne vous joue un mauvais tour...

— Vous me féliciterez encore demain, patron, si je puis vous ramener Lee vivant ou mort.

— A ne rien vous cacher, je préfèrerais la seconde hypothèse, cela ferait gagner de l'argent aux contribuables.

A peine avait-il raccroché que je reprenais le téléphone pour partir à la recherche de mes deux fidèles : Barrhead et Dalry qui avaient la mauvaise habitude de ne coucher que rarement chez eux. Ce soir-là, il m'apparut très vite qu'ils demeuraient fidèles à leur manie.

Je connaissais la musique. Pour retrouver Barrhead, il me faudrait appeler tout une série de bars en espérant tomber rapidement sur celui où il ingurgitait les derniers verres de sa dose quotidienne de rye. Dans les cinq premiers établissements, on me déclara qu'on l'avait vu ou qu'il venait juste de partir. Heureusement, les jalons de son itinéraire nocturne m'étaient familiers et chez Bert Mac Caulay, propriétaire de la *Sirène d'Argent*, j'obtins enfin une réponse positive :

— Bien sûr qu'il est là, Barney !

— Soûl ?

— Pas encore, mais ça ne va pas tellement tarder.

— Passez-le moi avant qu'il ne soit trop tard.

Quelques secondes après, la voix éraillée de mon agent grogna dans le téléphone.

— Qui c'est qui vient casser les pieds au pauvre Barney ?

— Personne d'autre que le lieutenant Bellano, espèce d'ivrogne !

— Eh minute ! Je suis pas rond !

— On va pouvoir s'en rendre compte, vous avez vingt minutes pour être chez moi.

— Chez vous, chef ? A cette heure-ci ? Qu'est-ce qu'il y a donc ?

— On part.

— Où ça ?

— Dans l'Arkansas.

— Drôle d'idée ! J'aurais préféré la Floride.

— Malheureusement, Barney, c'est dans l'Arkansas que nous avons rendez-vous.

— Avec qui ?

— Une vieille connaissance, Shopleigh.

— Bon Dieu ! Je suis là dans cinq minutes !

Hal Dalry était nettement plus difficile à repérer car il ne buvait pas, mais passait la plupart de ses nuits avec des femmes qui, toutes, étaient l'épouse dont il rêvait depuis toujours et dont il se déprenait invariablement au bout d'une semaine. Hal avait la sagesse de nous prévenir de ses changements pour que nous puissions le toucher en cas de nécessité. Un gentil garçon qui a le tort d'être sentimental. Il va d'amour malheureux en amour malheureux et ne peut se consoler qu'avec des amours nouvelles et tout aussi malheureuses. Après avoir téléphoné à une Bella, réveillé une Janet, irrité une Priscilla, je tombai enfin sur une Suzan dont la voix rocailleuse disait assez qu'elle l'arrosait souvent d'alcools variés.

— Pardonnez-moi de vous déranger, Miss...

— Pas de blablabla ! Dites ce que vous avez à dire ou rendormez-vous et laissez dormir les autres !

— Je désirerais savoir si Hal Dalry est chez vous ?

— En quoi ça vous regarde ?

— Je suis son patron.

— Sans blague ? Et qu'est-ce que vous faites dans

la vie, Monsieur le Patron, si je ne suis pas indiscrète ?

— Lieutenant de police.

— Oh ! merde... mais alors, Hal...

— ... est un flic, ma jolie.

— Ah ! le salaud !

Je n'entendais que les échos de la scène, mais il me semblait voir cette charmante Suzan — qui ne devait pas tellement chérir les gens de notre profession — secouant brutalement Hal en l'accablant d'injures et de reproches. Le son de sa voix trahit un réel désarroi lorsqu'il demanda :

— Encore une de tes conneries, Barney ?

— Oh ! non, Hal...

— Ah ! c'est...

— Mais oui. Vous n'êtes pas habillé, j'imagine.

— Pas exactement, mais...

— Sautez dans vos vêtements et dans une demi-heure chez moi.

— Pour quoi faire ?

— On se rend presqu'à une invitation.

— Une... ici, à Washington ? A cette heure ?

— Non, dans l'Arkansas.

— Dans...

Il ne devait plus pouvoir décider s'il rêvait ou non. J'ajoutai :

— Un vieil ami qui sera heureux de nous voir, Barney, vous et moi. Lee Shopleigh.

— J'arrive.

Barrhead est une espèce de géant d'un mètre quatre-vingt-douze, rouquin et un tantinet métissé d'Indien. Dalry, au contraire ne dépasse pas un mètre soixante-dix et il est tellement basané que tout le monde le prend pour un Mexicain. Des athlètes hors ligne, deux tireurs remarquables. Deux hommes sur qui je peux compter n'importe où, n'importe quand et quoi qu'il puisse arriver. Au FBI, on sait que je fais équipe avec eux et quand on nous voit, il y a toujours quelqu'un pour remarquer, affectueusement, d'ailleurs :

— Tiens ! voilà le Rital et ses sauvages !

*
* *

A Conway, quand les flics grognons qui nous reçurent virent nos cartes du FBI, ils changèrent d'attitude et nous offrirent du café pendant qu'ils alertaient leurs chefs. Ceux-ci ne nous témoignèrent pas, de prime abord, une grande sympathie et lorsqu'ils apprirent que nous venions pour arrêter Lee Shopleigh, ils commencèrent par prétendre qu'ils n'avaient pas besoin du FBI pour faire leur boulot. Toutefois, ils convinrent assez vite qu'ils ignoraient la présence de Lee sur leur territoire de chasse et qu'en somme, cet individu s'affirmait un gibier un peu trop gros pour le cadre de leurs activités. Quand nous nous fûmes serrés la main, ils établirent en notre compagnie le verrouillage du quartier où nous pensions que se terrait Lee.

La Maliboru Street n'a rien de particulier. C'est une de ces rues américaines qui ressemble à celle qui la précède et ne diffère en rien de celle qui la suit. La maison qui nous intéressait était identique à celles qui l'encadraient. Barney ouvrit la porte d'entrée avec son passe universel mais pour si légers que nous nous fîmes, nous réveillâmes cependant la propriétaire qui surgit dans le hall en peignoir et bonnet au moment où nous entamions la montée de l'escalier.

— Qui êtes-vous ? Que voulez-vous ?
— Police ! Taisez-vous !
— Mais...
— Taisez-vous, N... de D... !

Elle écarquilla les yeux et ne bougea plus. A voix basse, je demandai :

— Marilyn Brandon ?
— Troisième étage chambre 32...
— Elle est seule ?
— Théoriquement, oui.
— Et pratiquement ?
— Elle a quelqu'un.
— Un homme ?
— Oui... Vous comprenez, monsieur l'Inspecteur, je peux pas toujours les surveiller...
— Aucune importance. Ne faites pas de bruit et retournez dans votre chambre.

Pendant que je grimpais doucement avec Dalry, Barney passait par l'échelle d'incendie. Arrivés sur le palier du troisième étage nous glissâmes littéralement jusqu'à la porte 32. Nous avons prêté l'oreille en espérant surprendre un ronflement. Rien. Le silence total. Une inquiétude me saisit : Lee aurait-il, une fois de plus, filé juste au moment où j'arrivais ? D'un coup d'épaule, j'enfonçai la porte. Lee était là, assis sur son lit, une mitraillette à la main et pointée sur moi. Il souriait.

— Salut, Bellano... On finit le match ?

Contre le mur, à droite, une femme d'une quarantaine d'années, rousse, défraîchie, semblait morte de peur.

— Rendez-vous, Shopleigh, c'est fini pour vous.
— J'ai l'impression que c'est fini pour tous les

deux, lieutenant et j'aime autant finir de la sorte que sur la chaise.

La rousse se précipita vers moi à l'instant où Lee appuyait sur la gâchette. Elle reçut suffisamment de plomb pour passer directement et dans le minimum de temps de cette vie dans l'autre. Mais j'en pris assez, de mon côté, pour m'effondrer. La dernière vision que j'emportai fut l'éclatement du crâne de Lee sous l'impact de la balle de Barney, apparu à la fenêtre.

*
* *

Je me suis vraiment réveillé, je peux dire que je n'ai réellement pris conscience que cinq semaines plus tard à l'hôpital de Little Rock. La première image dont je me souvienne est celle du joli visage d'une jeune infirmière qui me souriait.

— Eh bien !... On se décide à revenir parmi nous ?

Assez naïvement, je demandai :

— Où est-ce que je suis ?

Elle se mit à rire.

— Mr. Bellano, il n'est pourtant pas difficile de deviner que vous êtes à l'hôpital ! Les filles habillées comme je le suis ne se trouvent guère en dehors des hôpitaux...

— Il y a longtemps que j'occupe cette chambre ?

— Oh... à peine cinq semaines.

— Cinq semaines ! cinq semaines pendant lesquelles... Miss, j'ai dû être sérieusement touché ?

— Vous nous avez fait très peur, mais maintenant vous avez repris le dessus. Encore une victoire à votre actif, lieutenant ! D'où êtes-vous ?

— De New York.

— Dites donc ! Vous avez plutôt la vie dure dans le coin ! Ne bougez pas, ne parlez plus... Je vais appeler le patron, je suis sûre qu'il va être enchanté. Vous étiez son malade préféré !

Pendant le court moment où je restai seul, j'essayai vainement d'établir une sorte de bilan. Quelles blessures avais-je reçues ? De ma main droite, je tentai d'explorer mon corps, mais je ne rencontrai que des bandages. Il me semblait qu'à part ma tête et mes membres, tout le reste était empaqueté. Je sombrais dans la dépression, lorsqu'un grand type aux cheveux châtain clair, à l'œil bleu, vêtu d'une blouse à manches courtes entra. Il s'approcha du lit :

— Robert Maitland. C'est moi qui vous ai opéré.

Dès ses premiers mots, il m'a inspiré confiance. Il avait adopté un ton jovial, mais au fond de sa voix, je sentais vibrer l'espèce d'orgueil agitant celui qui est fier de la tâche menée à bien. Il prit place à mon chevet.

— Vous nous avez donné pas mal de soucis... Vous revenez de loin.

— Je vais finir par le croire.

— Vous le pouvez.

Il se tut un instant avant d'ajouter :

— Vous êtes un sacré veinard.

— Il n'y semble pas !

— Mais si ! mais si ! Ce fut une chance inouïe qu'aucune des balles reçues ne vous ait tué... Et puis, entre nous, on vit très bien sans rate.

— Parce que...

— Oui, oui... nous avons été obligés de l'enlever. Dans l'état où elle se trouvait, elle ne vous aurait plus servi à rien. Tenez, c'est comme le foie...

— Le foie...

— ... Une glande primordiale, certes, mais si grosse qu'on peut couper un morceau d'un des lobes sans grand dommage pour le patient... Je dirais presque la même chose du poumon... Quand on accepte de se ménager, de ne pas s'imposer d'efforts inutiles, on ne s'aperçoit pas qu'on n'a qu'un poumon.

Je perdais pied.

— Ecoutez, docteur, au lieu de m'énumérer ce que vous m'avez enlevé, si vous me disiez ce qu'il me reste ?

Il rit aux éclats, un peu trop fort, peut-être.

— Le sens de l'humour, hein ? J'aime ça ! Mon vieux, vous avez un cœur intact, des reins parfaits. J'ai dû vous couper dix centimètres d'intestin, mais, l'intestin c'est long... A part ça, tout est pour le mieux.

D'une voix chevrotante, je répétai :

— A part ça...

— ... Maintenant, vous allez rester encore un bon mois avec nous et puis vous irez vous reposer longuement en Floride aux frais du gouvernement. Quand je vous dis que vous êtes un veinard ? La veine, voyez-vous, mon vieux, c'est dans les coups durs qu'elle montre son nez.

Je devais faire une drôle de mine. Le chirurgien se crut obligé de me tapoter amicalement l'épaule.

— Il faut vous faire une raison, lieutenant. Vous exerciez un métier difficile, dangereux. Vous avez eu le gros pépin, vous vous en êtes tiré en vous couvrant de gloire et puis, quoi ? Quel âge avez-vous ?

— Trente-sept ans.

— Trente-sept ans ! Et vous jugez qu'à trente-sept ans, vivre sans rien faire avec l'argent des contribuables n'est pas un sort que beaucoup vous envieraient ?

Son visage riait, pas ses yeux. Je compris ce qu'il ne me disait pas.

— Je ne pourrai donc plus exercer mon métier ?

— Ah ! ça non !... N'exagérez pas, mon vieux. Je vous ai assuré qu'on pouvait vivre longtemps en dépit des mutilations que vous avez subies, mais à la seule condition de mener une existence tranquille... de vous ménager sous tous les rapports ! A présent, vous êtes rentier, enfoncez-le vous dans la tête et permettez-moi de vous confier que j'aimerais bien être à votre place.

— C'est gentil de le dire, docteur, bien que vous ne le pensiez pas.

Je dois reconnaître que durant les jours qui suivirent, j'ai vécu dans une perpétuelle angoisse. Ne plus appartenir au FBI, ne plus exercer ce travail que j'avais choisi délibérément et que j'aimais, ne plus rencontrer ceux à qui me liait une fraternité née et entretenue dans un danger constant... Non, vraiment, j'aurais sans doute mieux fait de mourir...

A propos de mourir, je m'inquiétais du sort de Lee Shopleigh. Il me semblait me rappeler qu'il était tombé presqu'en même temps que moi, mais je n'en étais pas certain. Ma petite infirmière, interrogée au sujet de Lee, ne put me répondre. Un genre d'histoire qui ne l'intéressait guère. A son âge — et je la comprenais — elle préférait penser à son « boyfriend », au prochain bal, sa prochaine robe, à son prochain rendez-vous... Le bal... les rendez-vous... les jolies filles... Tout cela, c'est terminé pour toi, Tony Bellano... Tony Bellano, le rentier...

J'étais redevenu à peu près — du moins extérieurement — ce que j'avais été, lorsque Marvyn Brechin vint me voir. Il entra dans ma chambre, jovial, lui aussi. A la vérité, tous mes visiteurs tentaient de me donner la comédie. Ils n'y réussissaient pas toujours.

— Alors, Tony, on se repose ?

— Oui, Chef, on se repose et on va se reposer longtemps, longtemps... On va se reposer jusqu'à la fin, maintenant.

— Allons, allons, lieutenant, il ne faut pas vous laisser abattre, hein ? On va vous coller une médaille qui apprendra à ceux qui la verront que vous avez été un honnête et loyal serviteur des Etats-Unis. Vous n'ignorez pas qu'on a enterré Lee Shopleigh il y a belle lurette ? On a mis avec lui la bonne femme qui lui donnait asile. Vous avez fait de l'excellent travail, Tony, je vous en remercie. Je me suis occupé de votre dossier. Vous allez toucher le maximum, mon vieux.

— Vous aussi, vous pensez que je suis définitivement hors de combat ?

L'air ennuyé, il haussa les épaules.

— Tony, persuadez-vous que nous, les gens du FBI, nous sommes plongés dans une guerre qui a commencé il y a des années et des années... Une guerre qui ne finira jamais... Vous y avez été gravement blessé... Imaginez que vous soyez revenu mutilé, il y a vingt-cinq ans d'Europe ou du Pacifique... C'est la même chose, lieutenant. Vous êtes réformé.

Quand la porte se fut refermée sur Brechin, je dus convenir que j'avais peut-être tort de me croire sans cesse le plus fort.

Il y a de cela presque huit mois.

2

Maintenant, pour moi, tout est fini.

Je l'ai accepté. Petit à petit, je me suis mis à vivre doucement, en me ménageant et, pendant quatre mois, j'ai arpenté d'un pas de plus en plus solide, la jetée de Daytona Beach. Au début, les gens me regardaient passer et je les sentais se retourner derrière moi. Ils devaient se demander quelle terrible maladie me rongeait. Ils ne pouvaient pas se douter que j'étais tout simplement un homme qui essayait de réapprendre à vivre.

Mes amis étaient venus les uns après les autres. Leurs visites ne m'apportèrent pas le bien que j'en espérais. Elles ne faisaient que marquer avec plus de cruauté encore tout ce qui, désormais, nous séparait. J'étais maintenant une épave qui ne souhaitait plus rien, hormis la solitude. C'est pourquoi, me plaisant dans le climat de Floride et ayant suffisamment d'argent à ma dispotition avec ma retraite, mes primes et mon assurance, je me suis acheté un petit bungalow à Yalaha sur le bord du lac Harris, près de Leesburg, une ville de douze mille âmes. J'avais la conviction que dans ce coin perdu, personne ne viendrait me déranger. Mais avant d'y emménager, il me fallait me rendre une dernière fois à Washington. Je m'y décidai le jour où je crus être à nouveau un homme comme les autres.

Je me doutais que j'aurais des moments pénibles à passer au cours de cette ultime visite. Quand on a vécu tant d'années dans une maison, la quitter avant le terme prévu est toujours un déchirement. Tous m'accueillirent avec amitié, voire affection. Ils eurent le tact de ne point s'apitoyer sur mes malheurs. Cependant, quand je poussai la porte du bureau de Brechin, mon cœur battait à grands coups. A ma vue, le patron se leva, vint à ma rencontre et me prit les mains dans les siennes en disant simplement :

— Tony...

Je ne répondis pas. Je ne le pouvais pas. Je crois bien que nous étions aussi émus l'un que l'autre.

— Je suis bougrement content de vous revoir, Tony... Vous semblez tenir la forme, non ?

— Du moins celle à laquelle je puis aspirer.

— Avez-vous décidé de votre avenir ?

Je lui appris mon acquisition et mon désir solidement ancré en moi de m'écarter le plus possible du monde.

— Je vous comprends, c'est une réaction normale... Attendez deux ou trois ans et je suis persuadé que vous changerez d'opinion. Quoi qu'il en soit, Tony, je compte que vous ne me laisserez pas complètement tomber, et que le cas échéant, vous n'hésiterez pas à avoir recours à moi.

Cependant, ce qui m'a été le plus pénible ce fut de dire adieu à Barney Barrhead et à Hal Dalry. Nous ne savions quels mots prononcer, eux et moi. Nous feignions, fort mal, une jovialité que nous ne ressentions pas. Tout costauds qu'ils étaient, mes camarades, ils avaient la larme à l'œil. Barney, le plus fruste, craqua le premier. Il me prit dans ses bras et d'une voix mouillée de pleurs, me chuchota à l'oreille :

— C'est moche, patron... C'est drôlement moche... Depuis votre départ, Hal et moi, on se sent quasiment orphelins.

Dalry se contenta de me serrer la main, mais me regardant dans les yeux, il me promit :

— Chef, si le hasard voulait qu'un jour vous ayez besoin de nous, appelez-nous, parce que, où que nous nous trouvions alors, quel que soit notre boulot, nous viendrons.

Depuis huit mois que je recevais des tas de consolations variées, c'est la promesse de Hal qui m'a fait le plus chaud au cœur.

Quand j'eus quitté l'immeuble du FBI, je me suis retourné en arrivant sur l'autre trottoir et j'ai longuement contemplé ces fenêtres derrière lesquelles j'avais, peut-être, vécu le meilleur de ma vie. Puis, je suis parti pour m'éviter de m'attendrir. Je devais me résigner. En m'éloignant, c'était de ma jeunesse que je prenais congé.

Au moment où je poussai la porte de ma demeure dans Cherry Street, je me heurtai à ma propriétaire, Mrs. Calistota, une Italienne d'origine, comme moi. Sèche à la manière d'une figue abandonnée au soleil, des traits accusés, un nez à l'arête aiguë, des cheveux noirs où les mèches blanches ne l'emportaient pas encore. En dépit de ses soixante-seize ans, la bonne femme demeurait alerte et son esprit n'avait rien perdu de sa vivacité. Elle m'aimait bien parce qu'elle pouvait parler italien en ma compagnie. Elle me confia, volubile, à la fois sa joie de me revoir, sa peine d'apprendre mon départ et les prières qu'elle avait adressées à sainte Rosalie pour que je guérisse au plus vite. Je dus lui promettre de lui écrire et elle m'affirma se charger de mon déménagement pour peu que je ne laisse pas traîner des choses inutiles et que tout soit empaqueté. Elle me confia son regret d'être si vieille, sinon elle m'eût accompagné pour veiller sur ma santé.

Sur le seuil de ma chambre, je m'arrêtai pour

retrouver mon souffle après avoir monté l'escalier, très lentement pourtant, alors qu'autrefois, je le grimpais quatre à quatre. Immobile, je regardai le décor où j'avais vécu si longtemps et auquel il me fallait dire adieu. Puis, ayant refermé derrière moi et ôté ma veste, je commençai à vider mes armoires et à remplir des valises, des caisses et des cartons. Cela ne me prit que deux heures, car j'habitais en meublé. Le plus délicat fut de mettre de l'ordre dans les paperasses accumulées qui encombraient mes tiroirs et des boîtes à chaussures, pour ne garder que l'essentiel, mais y avait-il encore un essentiel ? Je mis de côté ce qui pouvait intéresser plus ou moins certains services du FBI, notamment les archives dont je fis un paquet que Mrs. Calistota porterait en taxi à Brechin. Ensuite, la conscience en repos, je me mis au tri de mes papiers personnels. Je les déchirai presque tous sans les relire sauf ces lettres de femmes que ma suffisance avait gardées comme étant des gages de victoires trop faciles le plus souvent, des victoires dont aujourd'hui, je ne pouvais même plus rêver... Qu'étaient devenues ces Suzy, ces Kay, ces Branda, ces Judy, ces May qui, s'appuyant sur des orthographes fantaisistes, me promettaient des félicités sans nombre si je me décidais à les conduire devant M. le Maire. Je ne recevrais plus d'épîtres de ce genre. Je ressentis un petit pincement dans la poitrine. Je dis adieu à toutes ces belles éplorées perdues derrière moi sur les chemins où je ne pourrais pas revenir, en déchirant leurs lettres que je jetai au panier. J'avais beaucoup aimé les filles, je les aimais encore, malheureusement... Il me fallait baisser en partie le rideau sur hier pour avoir la force d'affronter demain.

Dans une grande enveloppe où j'avais rassemblé ma correspondance lors de mes débuts dans la police fédérale, je tombai sur la photographie de Frank Greenlaw, qui avait été mon premier et mon meilleur ami. Tous deux nous aspirions à nous mettre au service de la Loi, mais si Frank bornait ses ambitions à rendre des jugements sommaires sur le tas, à mener de minutieuses enquêtes, moi je rêvais de marcher sur les traces des fameux G-Men qui, à travers les films, avaient enthousiasmé mon adolescence. Très liés à l'Ecole de Police, j'allais souvent passer mes vacances chez les parents de Frank, à Santa Yuccata dans le Nouveau Mexique, car j'étais orphelin. Sur ma demande, je fis un stage d'un an dans cette ville, toujours en compagnie de Frank qui s'affirmait le chou-chou des policiers du coin. Pourquoi avions-nous cessé de correspondre ? Paresse, occupations incessantes, carrières trop différentes. J'avais su, cependant, qu'il s'était marié avec son flirt de l'époque, Doris, une blonde menue, mais douée d'une belle volonté. Exactement la femme qu'il fallait à ce gros mou de Frank. Le visage de Doris — que je me rappelais fort bien — amena sur l'écran de ma mémoire celui de Rowena.

Rowena, c'est le vrai remords de ma vie. Quand il m'arrive de passer ma conscience au crible, il y a toujours Rowena qui demeure et que je ne peux oublier. Pourtant, je l'aimais beaucoup, Rowena et je crois qu'aujourd'hui encore... Alors pour quelles raisons me suis-je conduit de la sorte avec elle ? Réponse immédiate : parce que j'étais un salaud ; explication secondaire : parce que mon métier comptait avant tout et qu'un agent du FBI qui veut faire son chemin ne peut s'embarrasser d'une femme et de mioches.

Seulement, cela j'aurais dû y penser avant et en prévenir Rowena. Hélas ! je l'aimais et pour ne pas la perdre immédiatement je me suis conduit comme un lâche. J'avais vingt-cinq ans. Elle en avait dix-huit. Elle était trop jeune pour se défendre, je ne l'étais plus assez pour ne pas être égoïste.

Assis dans l'unique fauteuil de ma chambre, je m'abandonne au souvenir. Rowena... Je la revois, grande, mince avec un corps harmonieux... Brune avec de beaux yeux tendres et naïfs. Celle-là, on la devinait désarmée et prête à croire ce qu'on lui dirait pourvu que ce fût joli et que cela ouvrît la porte sur des lendemains ressemblant à des contes de fées. J'ai fait sa connaissance en même temps que celle de Doris. Elles travaillaient chez Strasbury and Bennett, dans Broad Street. Rowena était attachée à la direction, Doris à la comptabilité. Frank et moi les avions rencontrées, pour la première fois, un dimanche après-midi au Keney Park où nous étions allés respirer l'odeur des fleurs du Jardin Botanique et tenter de nous distraire en regardant les animaux du Zoo. Nous avons abordé les jeunes filles devant la cage aux camélidés. D'abord, elles jouèrent les scandalisées, puis quand nous leur eûmes dit que nous appartenions à la police, elles s'amadouèrent, rassurées. Tout de suite, j'avais eu le coup de foudre pour la brune tandis que Frank qui aimait à être protégé avait spontanément reconnu dans la blonde une femme de caractère. Dimanche après dimanche, nous nous sommes revus. Après, nous passâmes quelques soirées ensemble. Enfin, vint le moment où chacun des couples jugea inutile la compagnie de l'autre.

Alors que Doris vivait chez ses parents, Rowena, orpheline, rentrait tous les soirs à Puerto de Luna, à

10 miles de Santa Yuccata, chez sa grand-mère maternelle Clarissa Bryant. Le fait que nous étions tous deux orphelins nous rapprocha davantage. Nous nous aimions et nous étions sincères. Bientôt, nous ne pûmes plus vivre l'un sans l'autre et chacun de mes soirs de liberté, je les passais auprès de Rowena. Elle me contait les petites histoires courant chez Strasbury and Bennett, je lui faisais part de mes soucis professionnels, mais nous oubliions vite les uns et les autres pour ne nous entretenir que de notre amour. De temps à autre, nous dînions avec Doris et Frank qui donnaient l'impression d'être déjà mari et femme. Ils parlaient posément de leur future installation, de ce qu'ils feraient de leurs économies, sur quelles voies ils tenteraient de pousser leurs enfants etc. On eût cru un vieux ménage raisonnable.

Un après-midi, Frank vint me trouver dans la pièce que j'occupais au Bureau de Police qui jouxtait l'Hôtel de Ville. Mon copain avait l'air radieux.

— Ça y est, Tony !

— Qu'est-ce qui y est, vieux ?

— Doris a dit oui et ses parents sont d'accord ! On se mariera cet hiver.

— Félicitations, Frank, pour Doris et pour toi. Je crois que vous serez très heureux ensemble.

— Je le crois aussi. Et toi ? Tu ne demandes pas la main de Rowena ?

— Je pense que je vais suivre ton exemple et j'espère avoir autant de succès que toi !

— Elle t'adore, cette petite ! Ça se voit de loin... (Il soupira.) Quel dommage que tu doives quitter Santa Yuccata pour ton sacré FBI, on aurait passé notre vie ensemble.

Je remarquai doucement :

— Tu sais bien, Frank, qu'il n'y a pas place pour nous deux dans la police de Santa Yuccata.

Quand mon ami m'eut quitté, je n'étais pas loin de regretter ma demande pour entrer au FBI. Le courrier du soir m'apporta ma nomination à Washington. J'allais devenir un G-man. Je devais rejoindre mon poste sous les quarante-huit heures. Par chance, ce soir-là, Rowena était restée auprès de sa grand'mère légèrement souffrante. Durant une partie de la nuit, je me battis contre moi-même. Rowena ou ma carrière ? Au petit matin, parce que j'étais encore jeune, j'optai pour ma carrière et commençai à boucler mes valises. Durant les journées qui suivirent, je fis mes adieux aux policiers de Santa Yuccata qui me souhaitèrent bonne chance. Sitôt que Frank fut de retour d'une mission l'ayant retenu loin de la ville pendant de longues heures, il me téléphona pour savoir ce qu'il y avait de vrai dans ce qu'on racontait au sujet de mon départ. Il me rejoignit et je lui exposai le dilemme où je me trouvais. Il m'écouta sans m'interrompre et quand j'eus terminé il s'enquit :

— Pourquoi ne te fiances-tu pas avec Rowena ?

— Je ne puis l'obliger à quitter sa grand-mère.

Il ne répondit pas tout de suite et quand il le fit, ce fut en me fixant de ses gros yeux bleus.

— Qu'attends-tu de moi, Tony ?

— Un conseil.

Il haussa les épaules.

— A quoi bon ? Ta décision est déjà prise... n'est-ce pas ?

— Un agent du FBI ne saurait s'encombrer d'une famille.

— Tu aurais pu t'en apercevoir avant, non ?

— Frank... Je suis un salaud, hein ?

— Oui, mais tu restes mon ami. Il ne m'appartient pas de te condamner ou de t'absoudre. Doris sera déçue... Elle avait beaucoup d'estime pour toi... Quant à Rowena...

— Frank, je ne me sens pas le courage de lui annoncer ma décision.

— Compris ! Tu souhaites que ce soit moi qui...

— S'il te plaît... Tu la connais...

— Jolie mission que d'annoncer à une amoureuse que celui qu'elle aime l'a plaquée.

— Mais tu le feras quand même ?

— Je le ferai.

Huit jours plus tard, il m'avait envoyé un billet qui portait ces simples mots : « Mission accomplie. Frank. » Depuis, je n'avais jamais plus eu de nouvelles directes de Santa Yuccata.

Sans trop réfléchir à ce que je faisais, j'écrivis à Frank pour lui apprendre mon malheur. Je lui dis mon désir de savoir ce qu'ils étaient tous devenus, y compris Rowena que je soupçonnais être mariée et mère de famille, mon intention d'aller les voir avant de me réfugier dans le silence et l'anonymat. Et j'ai attendu sa réponse, espérant vaguement au fond de moi-même que je pouvais encore revenir sur le passé et retrouver les affections d'autrefois en un moment où j'en avais terriblement besoin.

*
* *

Dès les premiers mots de la lettre, ouverte avec une impatience fébrile, je compris qu'une fois encore, je m'étais illusionné. Frank m'appelait « Mon cher collègue et ami » alors que j'espérais tout simplement « Mon vieux Tony ». Sans doute sa réponse était-elle plus qu'aimable et cependant, je la sentais froide, impersonnelle, presque de la correspondance administrative. J'appris que Frank était depuis deux ans, le chef de la police de Santa Yuccata et qu'ainsi il avait réalisé ses espérances. Il habitait toujours la maison de ses parents décédés et son mariage avec Doris avait tenu tout ce qu'il promettait à cette exception près toutefois qu'ils n'avaient pas d'enfant et envisageaient d'en adopter un ou deux. De bien braves gens... Frank se disait navré de ce qu'il m'était arrivé et pourtant, à travers les lignes, je ne sentais pas la présence d'une fraternité apitoyée, mais seulement l'expression courtoise d'une indifférence polie. Cependant, il m'assurait que si je tenais à revenir passer quelques jours à Santa Yuccata, je serais le bienvenu. Il craignait que l'homme de la capitale que j'étais, trouvât un peu primaire le confort de sa maison provinciale. En conclusion, il n'apparaissait pas que les Greenlaw marquassent une grande hâte de me revoir. Frank avait-il été jaloux de ma carrière ? Dans ce cas, ce qu'il venait de m'arriver aurait dû effacer en lui toute trace d'amertume. Me tenait-il rigueur de l'avoir si longtemps abandonné ? Mais de son côté, il n'était pas sans reproche, puisque lui non plus ne m'avait jamais donné signe de vie. Etait-il devenu un homme trop important, trop respectable pour pouvoir se rappeler, sans gêne, notre commune et aventureuse jeunesse ? Et pourquoi Doris n'avait-elle pas joint un mot à la lettre de son mari, ne fut-ce que pour me dire combien elle serait heureuse de reparler du passé avec moi ? D'ordinaire, la sentimentalité féminine se complaît dans ces évocations... Et surtout, pourquoi Frank ne me parlait-il pas de Rowena ?

Je dois avouer qu'après un premier moment d'abattement dû à ma déception, je sentis monter en moi une sorte d'exaspération. L'envie me prit d'aller agiter un peu cet étang trop tranquille, de voir ce qu'il y avait derrière cette froideur polie. A la première agence de voyages que je rencontrai, je pris un billet d'avion pour Albuquerque d'où un autre appareil me transporterait à Santa Yuccata à 120 miles de là. A la poste, je rédigeai presque rageusement un télégramme à l'adresse de Frank Greenlaw, pour lui indiquer l'heure de mon arrivée, le lendemain dans l'après-midi.

3

Il y avait un arrêt de trois heures à Albuquerque. Je me fis conduire en taxi au centre de la ville et de là, à pied, je tentai de retrouver les émotions jadis éprouvées lorsqu'en compagnie de Frank nous déambulions au long des artères animées, lorgnant les filles et tâtant de temps à autre la poche où il y avait l'argent du retour à Santa Yuccata. J'ai remonté Second Street, jusqu'au Coronado Park. Puis, j'ai emprunté à nouveau un taxi pour gagner la rive du Rio Grande où nous avions rêvé de paysages inconnus, de Mexicaines à l'œil noir et aux souplesses de serpent (nous nous plaisions à croire que les Mexicaines, de l'autre côté du fleuve, ressemblaient toutes à Miss Dolorès del Rio qu'Hollywood nous avait appris à aimer). Assis sur un banc de Tingley Field je regardais passer ces garçons et ces filles dont chaque mouvement, chaque rire, chaque étreinte furtive me rappelaient cet autrefois avec lequel il me fallait rompre. A trente-sept ans, j'éprouvais encore l'envie de mettre mon bras autour d'une taille féminine. Mais quelle créature serait assez charitable pour s'intéresser encore à l'être fragile que j'étais devenu ? Les médecins s'étaient montrés unanimes : je devais vivre précautionneusement. Ecœuré, je retournai à l'érodrome.

*
* *

Du haut de la plate-forme de l'échelle mobile, au moment où je sortais de l'avion, je jetai un regard circulaire. Il était là. Très en avant de la foule venue accueillir parents et amis et que contenait une sorte de barrière, Frank se tenait immobile, en plein soleil. J'ai tout de suite reconnu sa silhouette bien qu'elle ait assez épaissi. Sous sa casquette molle de policier, avec sa veste plus sombre que les pantalons, il avait de l'allure. Des lunettes noires protégeaient ses yeux des ardeurs du soleil. Le cœur me battait un peu... Ainsi, j'étais à Santa Yuccata. Ce saut dans le passé me faisait légèrement perdre le souffle. Frank demeurait immobile tandis que je descendais l'escalier roulant parmi les passagers. Lorsque j'eus posé le pied sur le sol, il se mit en marche très lentement, j'agis de même. J'imagine que ce devait être un spectacle curieux que ces deux hommes — dont l'un portait un uniforme de police — allant à la rencontre l'un de l'autre comme dans un film tourné au ralenti. Pourquoi nous conduisions-nous de la sorte ? Je l'ignore... Peut-être avions-nous, tous deux, peur de ces retrouvailles et des changements que le temps enfui impliquait ? Quand nous ne fûmes plus qu'à deux mètres l'un de l'autre, Frank dit :

— Tony...

Je crus discerner de l'affection dans sa voix, et je lui ouvris les bras.

— Frank...

Nous nous étreignîmes. Il marmonna :

— Je suis heureux de te revoir !

— Et moi, donc ! Sais-tu que tu es superbe ?

— Je craignais de te trouver beaucoup plus mal en point. Tu n'as guère changé.

— Le dégât est à l'intérieur, mon vieux. Comment va Doris ?

— Tu la verras dans quelques instants.

Nous remontâmes lentement vers la sortie et sur notre passage, les signes de considération respectueuse se multipliaient à l'égard de mon compagnon. Je ne pus me tenir de lui murmurer :

— Tu m'as l'air d'être devenu quelqu'un, non ?

— Le chef de la police de Santa Yucata, simplement...

— ... et comme personne n'a la conscience tout à fait tranquille...

Il s'arrêta pile.

— Pourquoi cette remarque ?

— Tu es assez bien placé pour ne pas ignorer que les familles apparemment les plus respectables ont souvent un squelette dans le placard.

— C'est vrai. Ce n'est pas un métier facile que le nôtre, si l'on veut essayer de rester propre.

— Les politiciens ?

— Entre autres... J'ai souvent regretté de ne t'avoir pas suivi au FBI, on devait y respirer un air plus pur.

— Tu constates où cela m'a conduit.

— Sans doute... mais je suis persuadé que tu as vécu douze années passionnantes tandis que moi... Jamais de grosses affaires et dès qu'on met la main sur l'auteur d'un délit mineur, les parents, les amis, les personnages bien placés interviennent !

— Malheureux, Frank ?

— Je ne sais pas... Mais dégoûté, sûrement. Tu as soif ?

— Assez, oui.

— Dans ce cas, allons prendre un verre au bar, cela laissera à Doris le temps de préparer le dîner. Naturellement, tu logeras chez nous tout le temps de ton séjour... qui sera long ?

Du coup, mon optimisme dû à la chaleur de l'accueil de Frank s'envola. Pourquoi s'inquiétait-il de la durée de mon séjour s'il était vraiment heureux comme il me l'avait assuré de me revoir ? Voilà que la gêne suscitée par sa lettre et que je croyais dissipée réapparaissait. Je ne comprenais pas ces changements d'attitude.

— A la vérité, je ne me suis pas fixé de délai, c'est pourquoi je crois plus sage de loger à l'hôtel.

— Pas question ! Tu logeais chez nous autrefois, il n'y a aucune raison pour changer.

Il se tut un instant, puis :

— Bizarre la vie, tout de même... Nous étions les meilleurs amis du monde et nous sommes restés une douzaine d'années sans nous écrire, toi parce que tu étais trop occupé, moi parce que je ne l'étais pas assez... Et pourtant, nous aurions eu intérêt, toi et moi, à ne pas nous laisser tomber mutuellement.

Que devais-je entendre ? Je le regardai de profil. Il fixait son verre. Ce type n'était pas heureux. Que pouvais-je pour lui ? Ou mieux qu'aurais-je pu faire et que je n'avais pas fait ? Le paradoxe était fort : je revenais à Santa Yuccata un peu pour être consolé du malheur m'accablant et voilà qu'il me fallait consoler un garçon qui semblait perdu dans des regrets dont je ne devinais pas la nature.

— Tu es bien secondé ?

— Des fonctionnaires qui font consciencieusement leur boulot.

— Le maire ?

— George Napeague est un brave homme et si heureux d'occuper le poste qu'il occupe que pour rien au monde, il ne chercherait noise à qui que ce soit. Mais assez parlé de moi. Raconte-moi ce qui t'est arrivé ?

Aussi brièvement que possible, je lui fis un rapport exact de mon aventure avec Lee Shopleigh. Quand j'eus terminé, il hocha la tête.

— Tu as eu de la hance, Tony.

— En es-tu sûr ?

— Tu es vivant...

— En es-tu sûr... ?

— Allons, n'exagère pas !

— J'ai ton âge, Frank... Imagine que tu ne sois pas marié et que brusquement on t'annonce : pour vous, bonhomme, la vie — comme vous la connaissiez — s'arrête là. Désormais, il faut vous persuader que vous avez un peu plus de quatre-vingts ans et vivre doucement, très doucement...

— Je te demande pardon...

— La solitude, Frank... tu sais ce que c'est ? Moi non plus, je ne le sais pas, mais je vais l'apprendre... J'ai le reste de ma vie pour l'apprendre.

— C'est drôle... Il y a des jours... quand je suis

saturé d'ennuis, harcelé par celui-ci et celui-là pour des bêtises... je pense à la solitude conventuelle et je me dis qu'après tout, ces types qui vivent à l'écart du monde, dans le silence, ont peut-être choisi la meilleure part.

Si je m'attendais à ça ! Qu'était-il donc arrivé à ce bon garçon pour qu'il témoignât d'une pareille amertume ? Gêné, je lui demandai :

— Frank... avec Doris, ça marche bien ?

Il me regarda, amusé :

— Evidemment ! Pourquoi, diable ! en serait-il autrement ? Tu te rapelles Doris ?

— Comme si elle était devant moi !

— Tu vas la retrouver pratiquement inchangée... Un peu plus enveloppée peut-être, mais toujours aussi belle... Elle n'a que trente-deux ans, tu sais... Oui, je crois que je peux dire que notre mariage a été une réussite... Combien d'époux oseraient en dire autant ?

En dépit de la jovialité qu'il affectait, il ne me convainquait pas. Il y avait ou il y avait eu quelque chose entre Doris et lui. Frank continuait sur sa lancée.

— Douze ans sans le moindre nuage ! Est-ce que tu te rends compte de ce que cela représente ?

— J'essaie.

— Doris et moi partageons les mêmes opinions, nos goûts sont identiques... Notre seule peine — je te l'ai écrit — l'absence de gosse... J'aurais aimé avoir un petit policier à élever... Peut-être en adopterons-nous un, mais ma femme se montre réticente sur ce point.

— En somme, connaissant ce que tu connais, tu recommencerais ?

L'ai-je inventé ? Mais j'ai l'impression de saisir une brève hésitation avant que Frank ne me lançât avec un rien de force en trop :

— Et comment ! Maintenant, Tony, assez bavardé. Doris doit se demander ce que nous fabriquons. On lui racontera que l'avion avait du retard...

Il rit, mais je m'entêtais à trouver que son rire sonnait faux. Nous nous sommes levés. Le barman s'est précipité pour écarter les chaises et nous accompagna jusqu'à la porte. Frank était décidément une huile.

Une voiture de police nous attendait au parking de l'aérodrome. Quand nous en approchâmes, un autre officier en sortit. Plus jeune que Frank de quelques années, il était aussi plus mince. Sous le sourcil touffu, l'œil était d'un noir profond. Mon ami nous présenta :

— Le lieutenant Brendon Valdez, mon adjoint mais qui s'occupe plus particulièrement des affaires criminelles... Tony Bellano.

— J'ai beaucoup entendu parler de vous par Frank, lieutenant.

— Il n'y a plus de lieutenant en ce qui me concerne. On a dû vous apprendre...

— Oui, et je le regrette pour vous.

— Merci.

— Le lieutenant Valdez veut bien me servir de chauffeur à l'occasion, car je suis un très mauvais conducteur. Pour mon prestige et celui de la police de Santa-Yuccata, il est préférable que son chef n'ait pas d'accident.

Il riait en me poussant d'une claque amicale dans la voiture et le lieutenant lui faisait écho. J'aurais été incapable de dire pourquoi et pourtant j'aurais juré qu'ils n'avaient, ni l'un ni l'autre, envie de rire. Tandis que nous prenions place, je me demandais pour quelles raisons ce Valdez appelait son supérieur par son prénom et pourquoi Frank l'avait laissé nous attendre alors que nous consommions. Toutefois, dès que nous eûmes atteint les faubourgs de Santa Yuccata, je cessai de me poser des questions, pour regarder avec attention et émotion les paysages retrouvés. Pinc Street, Hamilton Avenue, Jefferson Square avec sa statue de George Washington au pied de laquelle les amoureux avaient pour habitude de se donner rendez-vous, Van Dycke Avenue, Kinsley Square... Toutes ces rues, toutes ces places que nous avions professionnellement arpentées si souvent, amoureusement aussi quand nous nous promenions, Frank et moi, avec des filles pas trop farouches et qui s'ennuyaient autant que nous. Au moment où nous entrions dans Fenkell Street où mon ami habitait, la vue d'une silhouette m'en rappela une autre et me tournant vers mon compagnon je lui demandai :

— Pourquoi, dans ta lettre, ne m'as-tu pas dit ce qu'était devenue Rowena ?

— Rowena ?

Il feignait de chercher dans sa mémoire, mais son regard me fuyait. Je n'aimais pas du tout cela.

— Rowena Blacwood, l'amie de Doris... et ma petite amie, celle avec qui je t'avais chargé, assez ignoblement, de rompre en mon nom.

— Ah ! oui... Je me souviens... Rowena, en effet... Quel pitoyable comédien, ce pauvre Frank !

— Alors ?

Il posa sa main sur ma cuisse.

— Il vaut mieux n'en pas parler, Tony, et oublier tout cela.

— Parce que ?

— Parce qu'elle est morte, mon vieux. Tiens, nous sommes arrivés.

CHAPITRE II

1

Si la maison des Greenlaw n'avait pas changé extérieurement, l'intérieur ne rappelait en rien celui que j'avais connu. Tout s'y affirmait cossu. Les meubles y étaient de prix, des tableaux accrochés aux murs, des objets artistiques — dont quelques-uns reflétant les tendances ultra-modernes de l'aménagement — disaient assez que les petits-bourgeois besogneux de la génération précédente n'auraient plus eu leur place dans ce nouveau décor. Dès l'entrée, tandis que Frank me débarrassait de mon chapeau, de mon manteau et de ma valise, regardant dans le living-room, je poussai un sifflement qui traduisait mon admiration. Mon hôte m'invita à y pénétrer.

— Ma foi ! Frank, m'exclamai-je en jetant un regard circulaire, je n'ai pas besoin de te demander si les affaires vont bien !

— Je ne me plains pas.

— Tony !... Quelle joie de vous revoir !

Seigneur ! Qu'il y avait loin de la Doris d'hier à celle qui aujourd'hui, s'avançait vers moi les bras tendus.

— Doris ! ma chère Doris...

Nous nous embrassâmes avec une réelle affection et je m'en voulus de cette gêne pesant sur mon esprit depuis que j'avais posé le pied à terre à Santa Yuccata. J'étais sûr que Doris disait la vérité en affirmant qu'elle se sentait heureuse de me retrouver et Frank avait eu de brefs, mais sincères élans en m'accueillant. Pourtant, il y avait, par-ci par-là, des taches sombres dans la lumière réconfortante de cette réception, des taches que je ne m'expliquais pas. Surtout, la chaleur qui m'était témoignée ne cadrait pas avec la froideur impersonnelle de la lettre de Greenlaw.

— Laissez-moi mieux regarder le héros !

— Le héros ! Le maladroit, plutôt...

— Voulez-vous vous taire !

Doris m'entraîna jusqu'au divan où elle prit place à mon côté. M'attrapant la figure à deux mains, elle m'examina longuement et conclut :

— C'est surtout votre regard qui a changé, Tony...

— Peut-être depuis que je me sais voué à la solitude ?

— Ne dites pas de sottises ! Vous savez parfaitement que notre maison vous sera toujours ouverte.... Frank a dû vous apprendre que nous n'avions pas d'enfant... Autrement dit, nous avons de l'affection en réserve, il ne tiendra qu'à vous de nous la demander.

Incapable de répondre, la larme à l'œil, je l'embrassai. Me retournant vers Greenlaw, peut-être un peu plus vite qu'il ne s'y attendait, je surpris l'expression butée de son visage.

— Es-tu d'accord, Frank ?

Doris devança sa réponse.

— Evidemment qu'il est d'accord ! en voilà une question !

Mon camarade pivota sur ses talons en grommelant :

— On va boire un verre à ton retour, Tony.

— Et moi, Tony, ai-je changé ?

Je simulai une observation attentive alors que ma conviction était faite du moment où je l'avais revue. Il ne restait rien en elle de la modeste, de la timide Doris d'autrefois. Elle avait, sans doute épaissi, mais sa beauté s'était affirmée. Petite, ronde, potelée, blonde et rose, elle faisait penser à une de ces poupées de porcelaine toutes en fossettes et sourires dont les Allemands du XVIIIe siècle avaient le secret. Elle portait une robe coûteuse, ses souliers sortaient de chez un artisan de luxe et à ses doigts brillaient deux bagues devant valoir pas mal de centaines de dollars.

— Vous êtes magnifique, Doris.

Il y avait une telle sincérité dans ma voix qu'elle ne put s'y tromper et rougit de plaisir.

— Merci, Tony et maintenant confiez-moi vos projets ?

Pendant que Frank servait le whisky, je parlai de ma cabane de Yalaha, sur le bord du lac Harris.

— Et vous allez y vivre seul ?

— Par force.

— Vous n'êtes pourtant pas d'un âge à renoncer à rencontrer la femme qui...

— Non, Doris... Je suis un malade, vieux avant l'âge.... et qui ne peut espérer vivre qu'en se ménageant beaucoup... alors, le mariage...

Elle me prit les mains.

— Tony... Il y a beaucoup plus de femmes qu'on ne le croit, qui placent la tendresse avant tout. Il y a une chose que je tiens absolument à ce que vous sachiez : vous n'êtes plus seul, vous avez retrouvé une famille. N'est-ce pas, Frank ?

— Quelle question !

Une fois encore, je fus frappé par son manque de conviction.

*
* *

Le repas nous fut servi par une Noire répondant au nom de Joséphine. Ainsi qu'il sied entre les vieux amis que nous étions, nous dégustâmes la « Corn Chowder » dont Frank était friand et que sa mère réussissait à la perfection, une soupe où se mélangent le lait, l'oignon, le petit salé, les pommes de terre et le maïs. Ce plat tant de fois dévoré jadis avec le bel appétit de nos vingt ans, nous lança sur le chemin des souvenirs. Joséphine nous apporta ensuite d'épaisses tranches de jambon rôti qu'accompagnaient des poivrons et du riz sauvage. Nous avons terminé ce lunch sur un gâteau aux fraises et à la crème fouettée, œuvre de la maîtresse de maison, dont je la félicitai vivement. En mon honneur on déboucha une bouteille de Champagne californien.

A peine étions-nous revenus du living-room, que Frank me dit :

— Tony, je te demande la permission de me retirer pendant une heure ou deux. J'ai accoutumé de faire ma sieste et si je ne me repose pas maintenant, je serai patraque pour tout le reste de la journée.

Je l'assurai qu'il ne pourrait me procurer plus grand plaisir que de ne rien modifier à ses habitudes durant ma présence sous son toit.

Avec un peu d'aigreur, me parut-il, Doris ajouta :

— Je demeurerai avec vous, Tony. Je n'éprouve pas sans cesse le besoin de dormir, moi.

Greenlaw m'avait-il menti quant à son bonheur conjugal dont il prétendait l'aiguille arrêtée au « beau fixe » ?

Quand nous avons été seuls, mon amie et moi, Doris a changé de visage. Sa voix n'était plus la même lorsqu'elle m'a dit :

— Tony, je ne sais pas ce que Frank a pu vous raconter sur nous deux... Je serais étonnée qu'il vous ait dit la vérité... Nous ne sommes pas heureux, Tony.

De petites larmes, rondes et brillantes, se mirent à rouler sur ses joues trop lisses. La belle façade se lézardait, confirmant mes soupçons. J'étais bouleversé. Je passai mon bras autour des épaules de Doris.

— C'est grave ?

— Pour moi, oui.

— Expliquez-moi ?

— Frank n'a pas l'habitude de faire la sieste... Mais ces jours-ci, il a besoin de se reposer pour que ses nerfs ne le lâchent pas.

— Parce que ?

— Parce que dans un mois, ce sont les élections et il a peur que la municipalité ne saute, lui avec elle, naturellement.

— Il tient tellement à ce poste ?

— Ce n'est pas cela, Tony... Ses adversaires ont

juré publiquement que s'ils étaient élus, ils déballeraient les dossiers sur la place publique.

— Et alors ?

— La municipalité et le chef de sa police ont touché pas mal de pots de vin.

D'un geste large, je montrai ce qui nous entourait.

— Pour payer cela ?

— Entre autres.

— Pourquoi ?

— Frank a toujours voulu être le premier ou parmi les premiers en tout et pour tout. En vue d'arriver à ses fins, n'importe quel moyen a été bon, légal ou pas... Je ne l'ai appris que trop tard, lorsqu'il a commencé à avoir peur. Je crois qu'au départ il y a eu la jalousie qu'il vous portait. Il vous aimait bien, mais il souffrait de penser que vous risquiez de devenir quelqu'un au FBI alors qu'il resterait un policier de province. On a su votre carrière, Tony, et chacun de vos succès le poussait à plus de frénésie encore. J'en arrivais à ne plus oser citer votre nom. Maintenant, je suis persuadée qu'il a honte, après votre douloureuse aventure... Ce sentiment explique sa gêne à votre endroit et que vous avez sans doute remarquée ?

— Il ne souhaitait pas mon retour, n'est-ce pas ?

— Non.

— D'où la froideur de sa réponse.

— Il redoutait que vous appreniez ce que je viens de vous confier. Je ne vous aurais rien dit si vous n'étiez resté qu'un jour ou deux... Mais, puisque, heureusement, vous prolongerez votre séjour chez nous, j'ai préféré que ce soit moi qui vous renseigne plutôt que des tiers mal intentionnés à notre égard.

— Puis-je tenter quelque chose pour lui ?

Elle secoua la tête.

— Je vous remercie, Tony... Hélas ! c'est trop tard... Il ne nous reste qu'à souhaiter la réélection de son équipe... Ce sera terriblement dur.

— Doris, je vous remercie de votre confiance. Elle a dissipé le malaise éprouvé par la suite de l'attitude de Frank. Je ne comprenais pas. Je suis si heureux de vous retrouver tous deux. J'ai moins d'appréhension quant à mon avenir, désormais.

— Je voudrais pouvoir en dire autant.

— Ne vous affolez pas trop tôt... Les élections, on ne peut jamais prévoir ce qu'elles donneront. En tout état de cause et quoi qu'il arrive, moi je ne vous lâcherai pas et, en cas de malheur, c'est ensemble qu'on se débrouillera.

Doris me sauta au cou.

— Le bien que vous me faites, Tony ! Cette nuit, je vais peut-être pouvoir dormir... enfin !

— Doris, qu'est-il arrivé à Rowena ?

— Rowena ?... Ah ! Rowena Blackwood ?... Je pensais que vous vous marieriez tous les deux... Je vous en ai voulu, à l'époque, d'avoir laissé tomber la pauvre petite... Je crois qu'elle tenait beaucoup à vous...

— Je sais, Doris et je ne me suis jamais pardonné ma mauvaise action. Qu'est-elle devenue ?

— Après votre départ, Frank et moi, nous nous sommes presque tout de suite mariés et Rowena avait trop de chagrin pour continuer à nous voir... J'ai fait quelques tentatives pour ne pas perdre contact... Ce fut peine perdue... Nous avons appris sa mort à peu près deux ans plus tard... J'ai été navrée pour elle et pour vous, Tony.

Lorsque Greenlaw revint, il me proposa de l'accompagner à son bureau. Il avait besoin d'exercice et cela me plairait sans doute de retrouver les rues d'autrefois.

*
* *

Quand je fus sur le seuil des Greenlaw et que je regardai le mouvement de la rue, il se produisit une sorte de déclic en moi. Je me revis, sortant avec mon copain, nanti de quelques dollars et partant à la recherche de gentilles aventures féminines. Qui m'eut dit alors que je reviendrais dans un état pitoyable pour rencontrer un Frank amer, une Doris inquiète et apprendre la mort de la douce Rowena. Moche la vie, non ?

Je n'éprouvais pas le besoin de bavarder parce que, repris par mes souvenirs, je m'étais complètement détaché du présent. En traversant Adélaïde Square où, jadis, nous attendions le bus pour gagner Keney Park, je pensais à ce qui aurait pu être et n'avait pas été, entre Rowena et moi. Toujours silencieux, nous avons remonté Dixwell Avenue et au moment où nous passions devant l'immeuble de la Poste, brusquement, j'entendis mon compagnon me demander :

— Quelle impression Doris t'a-t-elle faite ?

Je ne répondis pas immédiatement parce qu'il avait fallu que Frank parlât pour que je pris conscience qu'il n'avait pas ouvert la bouche depuis que nous avions quitté sa demeure. Cette question qu'il me posait, il devait la méditer depuis un bout de temps.

— Mon impression ? Tu as eu une sacrée chance, Frank Greenlaw !

Contrairement à mon attente, il ne réagit pas avec la satisfaction que j'espérais.

— Tu es sincère ?

— Pourquoi ne le serais-je pas ? En voilà une idée !

— Ma question était idiote... Que pouvons-nous vraiment savoir les uns des autres !... Il faut poursuivre son chemin en espérant que ceux qui nous accompagnent finiront par nous comprendre ou que nous réussirons à les comprendre.

Surpris, je m'arrêtai :

— Frank. Qu'est-ce que tu as ?

— Que veux-tu que j'aie ?

— Ecoute-moi. Depuis que je t'ai écrit de Washington, depuis que nous nous sommes rencontrés, tu joues une sorte de jeu dont je ne saisis ni les règles ni le but. Tu es le même et tu n'es pas le même.

— Et toi ?

— Moi ? Je pense que je suis de nouveau celui que tu as connu.

— Pourquoi es-tu revenu à Santa Yuccata ?

Son ton s'était durci et je me sentais perdre pied.

— Parce que je me figure que les hommes gravement blessés, comme les bêtes, reviennent toujours, quand ils en ont la possibilité, sur le théâtre de leur jeunesse. Pour quelles raisons ? Je ne saurais te l'expliquer... Peut-être le rêve absurde qu'on peut tout effacer... tout recommencer...

— Ce serait trop facile !

— Bien sûr... Mais tu sembles croire qu'il s'agit d'un calcul... Erreur... Ce n'est qu'un élan venu du fond de l'être... quelque chose qu'on ne contrôle pas... Quoique devenus des hommes, nous restons des gosses avec leurs illusions intemporelles.

Nous nous remîmes en marche. Je m'arrêtai quelques secondes devant la vitrine du quotidien du pays. *l'Alerte* pour y regarder des photos relatives aux événements du coin. Sur plusieurs d'entre elles, je distinguai la silhouette de Frank et celle de son lieutenant.

— Il est bien ce Valdez ?

— Très bien.

La sécheresse du ton m'indiquait qu'il n'y avait pas à continuer sur ce chapitre. Cette réplique mit un terme à notre conversation. Ce n'est que lorsque nous traversâmes Walbey Square que mon compagnon me chuchota plus qu'il ne me dit :

— Tu pensais revoir Rowena ?

Je devinais que nous approchions de l'explication.

— Un espoir plus qu'une certitude... un souhait plus qu'une volonté.

— Elle t'aimait.

— Moi aussi.

— Mais tu l'as abandonnée !

Maintenant, je savais pourquoi il m'en voulait. Dieu ! que j'étais loin de m'être douté...

— Frank... C'est volontairement que tu ne m'as pas parlé de Rowena, dans ta lettre ?

— Oui.

— Pourquoi ?

— Tu ne le méritais pas.

— Mais enfin, de quel droit...

Il se fit presque violent.

— Parce que j'étais là pour assister à la véritable agonie qu'elle a vécue sous mes yeux, tu comprends ? Lâchement, tu t'es déchargé sur moi du soin de perpétrer ce crime, car ce fut un crime, tu entends ? Et quand on a commis une saloperie pareille, on ne revient pas contempler les dégâts !

— Doris...

— Fiche-moi la paix avec Doris ! Elle n'a rien su !

La détresse de Rowena lui appartenait à elle seule, les autres n'avaient pas à y fourrer le nez !

Une pareille fureur... Nous atteignions le Jardin Public où se dresse l'Hôtel de Ville entouré du Théâtre et du Bureau de Police.

— Frank... tu aimais Rowena ?

— Et puis après ?

— Elle... elle t'aimait ?

Il haussa les épaules.

— Imbécile ! Elle ne pensait qu'à toi. Je suis certain qu'avant de mourir, c'est ton nom qu'elle a prononcé...

— Dis-moi comment elle est morte ?

— Tu es sûr que cela te regarde ? Que tu as le droit ?

— Dis-moi comment, Frank ?

— Au vrai, je ne sais pas trop... J'avais cessé de la voir... Un jour, j'ai appris qu'elle était morte, chez sa grand-mère...

— Où est elle enterrée ?

— Ici... C'est la grand-mère qui s'était retirée à Puerto de Luna, mais la tombe de la famille est à Santa Yuccata. Tu viens voir mon bureau ?

2

Frank occupe un bureau splendide. Même au FBI, il y en a peu qui en possèdent de semblables. La municipalité traite très convenablement sa police. Greenlaw qui m'épie, s'enquiert :

— Qu'est-ce que tu en penses ?

— Mâtin ! Je suis en train de me demander si, à tous les points de vue, je n'ai pas suivi la mauvaise voie.

— Les apparences sont souvent trompeuses, tu sais et puis les élections peuvent tout changer du jour au lendemain.

— Les gens que nous avons rencontrés m'ont donné l'impression de te tenir en haute considération.

Il ricana.

— Que demain je tombe et ces types ne me reconnaîtront plus dans la rue. C'est la politique, cela, Tony.

— Tu ne penses pas que tu noircis le tableau ?

Il prit le temps de choisir un cigare, de m'en offrir un que je refusai, de l'allumer puis :

— Tony, je t'ai parlé durement, tantôt, excuse-moi, je n'en avais pas le droit.

— Droit ou pas, tu avais de toute façon raison.

— Je n'ai jamais été doué pour les explications et les analyses de sentiments... Mais je désirerais te faire comprendre que jusqu'à ton départ, notre commune existence, à Santa Yuccata, notre jeunesse, notre joie de vivre, nos amours passagères, constituent, à mes yeux, une sorte de jardin secret que j'entends préserver. Si j'ai épousé Doris, c'est qu'elle avait vécu dans ce jardin, malheureusement, elle ne s'en souvient pas... Rowena aussi habitait le jardin, ton abandon l'en a chassée... Tu m'as demandé, tout à l'heure, si je l'aimais et je t'ai répondu oui, mais ce n'est pas ce que tu pourrais croire. Rowena, pour moi, faisait partie du jardin. En mourant, elle l'a souillé... et comme c'est à cause de toi — heureuse, elle eut peut-être résisté à la maladie ? — je t'en ai voulu.

J'étais fortement intrigué. Un nouveau Frank se

révélait à moi, moins simple que je ne me le figurais. Seigneur ! que nous sommes compliqués les uns et les autres !

— Frank, pourquoi me racontes-tu ?...

— Parce que si un jour, on te disait beaucoup de mal de moi, je souhaiterais que tu te rappelles mes confidences et que tu te persuades que le Greenlaw qu'on traîne dans la boue, n'est pas le vrai.

Quelle étrange conversation. On eut dit d'un homme sur le point de mourir.

— Tu as peur des élections ?

— Oui.

— Pour quelle raisons ?

— J'ai l'impression que le vent a tourné et ne souffle plus en notre faveur.

— Eh bien ! si tu es battu, tu rentreras chez toi et tu attendras qu'on vienne te chercher pour te confier un poste dans le privé ou dans une autre ville.

Il secoua doucement la tête.

— Non, Tony, si l'on vient me chercher, ce sera pour me conduire en prison.

Je sursautai.

— Tu es fou ou quoi ?

— Ceux que j'ai tenus sous ma botte pendant douze années voudront se venger. Ce sera une jolie curée, Tony.

Ce que m'avait avoué Doris...

— Frank, qu'est-ce qui t'a poussé à faire ça ?

— Quoi... ça ?

— A devenir un flic véreux ?

— Les circonstances... Je ne puis te préciser quand le cirque a commencé... Au début, je résistais aux pressions et puis un jour, le maire m'a fait remarquer que nous serions stupides de refuser le pot de vin, important, que nous offrait un entrepreneur pour obtenir la construction d'un groupe scolaire. Cet argent, si facilement obtenu, sans même le solliciter... Je voulais faire une belle existence à Doris, tu comprends ?

— Je comprends. Je n'approuve pas.

— On ne te le demande pas. Bref, si nous sommes battus aux élections, ceux qui prendront notre place ouvriront ces dossiers sur la place publique et j'ai pas mal de chances de me retrouver devant le Grand Jury de l'Etat du Nouveau Mexique pour prévarication, abus de pouvoir, trafic d'influence etc.

— Encore une fois, qu'est-ce qui te prend de me faire ces confidences ?

— Pour deux raisons : d'abord te démontrer que tu n'es pas le seul à te faire de la bile, ensuite que je ne tiens pas à ce que tu sois là pour assister à l'hallali.

Je me levai.

— Tu as raison, ça ne m'amuserait pas... Je vais aller faire un tour en ville. A quelle heure veux-tu que je revienne te prendre ?

— Je quitterai mon bureau vers 18 heures.

— Parfait. A ce moment-là, je pourrai te préciser la date et l'heure de mon départ. Je vais chercher une excuse pour Doris.

— Ne te creuse pas la tête, elle est au courant.

J'aurais difficilement admis le contraire. Je me dirigeai vers la porte lorsqu'elle s'ouvrit devant le lieutenant Valdez et le battant me masqua un instant à ses yeux.

— Dis donc, Frank...

Il m'aperçut alors, marqua une hésitation et reprit :

— Excusez-moi, Chef, j'ignorais que vous aviez quelqu'un... Je reviendrai.

Il était sorti avant que je n'aie eu le temps de lui dire que je lui cédais la place. Gêné, Greenlaw crut bon de m'expliquer :

— C'est moi qui ai fait de Valdez un flic... C'est un peu mon fils spirituel... c'est pourquoi, je lui permets, par instant, de me parler avec une certaine familiarité.

— Tu aimes expliquer, hein, Frank ?

*
* *

Les gens qui me dépassaient, marchaient un moment à ma hauteur, ne se doutaient pas que je me sentais affreusement seul parmi eux. Ils n'étaient pas les compagnons perdus de ma jeunesse enfuie. Tout ce que Frank m'avait dit au sujet de Rowena, je l'avais encaissé, enregistré et ces mots ne me quitteraient plus. Je savais qu'ils résonneraient dans ma mémoire jusqu'à ma dernière heure. Rowena... Qu'avais-je fait... Que t'avais-je fait... Qui aurait pu penser que Greenlaw était un sentimental ? Et pourtant, cette histoire de jardin clos où, parfois, à l'insu de tous, il allait se promener... retrouver Rowena et un Tony qui ne me ressemblerait plus. Je comprenais, j'approuvais sa hargne à mon égard. J'avais contribué à saccager le beau jardin où il n'aurait tenu qu'à moi de demeurer.

Suivant Potter Avenue, sans rien voir, sans prêter attention à quoi que ce soit, j'atteignis Jefferson Square où Washington me regardait venir à un rendez-vous trop longtemps différé. Frank pensait que Rowena avait prononcé mon nom en mourant.

Appel que je n'avais pas entendu. J'ignorais quelle maladie l'avait emportée, mais j'étais sûr que si elle avait vécu à mes côtés, elle serait encore vivante. Elle aurait vécu pour notre amour, pour ne pas m'abandonner comme je l'avais fait.

La vue d'un flic réglant la circulation me ramena à Frank. Il était dans un sale pétrin. Je n'ignorais pas qu'il manquait de volonté, mais au point d'accepter d'être malhonnête... Je ne réussissais pas à le mépriser et pourtant, s'il y a des êtres que je hais ce sont ces policiers pourris qui trahissent leur métier et abusent de la confiance de ceux qui les ont élus. Un mauvais flic, c'est l'exemple le plus déprimant de ce que notre société a de plus laid en elle. Etrange personnage qu'était devenu Frank. Je ne parvenais pas à comprendre son attitude envers moi. Il mettait son hostilité à mon endroit sur le compte de sa rancune pour la triste façon dont j'avais traité Rowena. C'est à cause de Rowena, qu'il ne voulait pas que je revienne à Santa Yuccata. Et c'est par affection pour moi qu'il entendait que je parte au plus tôt, pour ne pas assister à son hypothétique déchéance. Bougrement compliqué. Pourquoi diable m'avait-il confié ses malversations ? On eût dit qu'il s'acharnait à détruire en moi le souvenir du joyeux garçon d'autrefois. Pourquoi ?

J'avais le sentiment confus que les choses étaient beaucoup moins simples que je ne pouvais le croire. Rien n'obligeait Greenlaw à sa confession. S'il s'était tu, je serais reparti avec la conviction qu'il était un flic correct. En cas de réélection, sa victoire n'effacerait pas ce qu'il m'avait dit touchant sa malhonnêteté. Et Doris ? Que lui avait-il pris de me raconter que son mari n'était plus un honnête homme et qu'elle reconnaissait être complice puisqu'elle avait sciemment profité de l'argent volé aux contribuables ?... Je n'avais pas passé quatre heures à Santa Yuccata que Doris et Frank avaient jugé bon, chacun de leur côté, de me révéler leurs turpitudes. Bizarre, tout de même... De l'autre côté de Jefferson Square, je continuais à remonter Potter Avenue en direction de Grafton Square, trop occupé pour prendre le moindre intérêt à ce qu'il se passait autour de moi. Je ne parvenais pas à trouver une signification à cette hâte à déballer sous mes yeux le linge sale du couple. Doris et Frank s'aimaient-ils comme ils le protestaient ? Pour elle, j'en étais à peu près certain. Elle souffrait de savoir que dans la bataille s'annonçant, ce serait son mari qui recevrait les blessures les plus douloureuses. Pour Frank, j'étais moins persuadé qu'il fut le bon mari qu'il prétendait être. D'abord, il y avait ce sentiment, assez trouble — quoi qu'il en jurât — qui l'avait poussé vers Rowena, ensuite il y avait eu des remarques à propos de Doris. Devais-je supposer que cet argent, réputé acquis par des moyens malhonnêtes, une autre femme que sa femme légitime en profitait aussi ? Alors Frank m'aurait monté ce cirque pour masquer une liaison et me poussait à partir de crainte que je ne l'apprenne ? Ce serait assez ridicule ! Je n'étais pas professeur de morale !

Enfin, il y avait ce lieutenant Valdez qui, en l'absence de témoin, parlait à son chef avec une curieuse familiarité. Du premier moment, l'homme m'avait déplu et il me plaisait de moins en moins. Je ne pense pas que je lui en voulais d'être beau garçon, bâti en athlète et, vraisemblablement, de connaître tous les succès féminins possibles. Quelque chose en lui me choquait, me faisait l'impression que me cause la vue d'un gros lézard. J'ai un peu la phobie des animaux à sang froid et qui rampent ou se traînent à terre. Etait-ce son regard fuyant sous les sourcils épais ? Cette manière de glisser en marchant à la façon de celui qui veut surprendre ou craint d'être surpris ? Son sourire faux ? Sa trop grande politesse ? Si j'étais resté à Santa Yuccata, je me serais renseigné à son sujet parce que, pour des raisons qu'il m'était impossible de deviner, je me doutais que ni Frank ni Doris ne me parleraient de lui.

Distrait, je manquai m'étaler de tout mon long sur le trottoir en marchant sur la classique peau de banane qu'un gosse venait de jeter. Un Noir me rattrapa au vol. Je le remerciai longuement car je n'avais vraiment pas besoin de me blesser à nouveau. Regardant autour de moi, je m'aperçus que j'avais failli choir juste en face de la porte du *Silver Ring*, le bar que dirigeait jadis mon copain, Roscoë Paxon, ancien mi-lourd parvenu à la demi-finale des Gants d'Or. C'était aussi l'endroit où Rowena et moi nous donnions le plus volontiers rendez-vous. Pour rien au monde je n'aurais voulu y entrer et quelques secondes plus tard, j'étais assis à la place où, autrefois, nous nous asseyions. Le décor n'avait pas changé. Bien sûr, le personnel n'était plus le même. Derrière le comptoir, je ne retrouvai pas la lourde silhouette de Roscoë. Celui qui le remplaçait était un homme épais, sanguin, avec une fine moustache noire qui lui ourlait la lèvre supérieure.

Comme jadis, je commandai à un grand type maigre et morose ce que nous buvions à l'heureux temps de mes amours, du rhum et du coca-cola. C'était alors la mode. Le patron m'épiait du coin de l'œil. Je l'intriguais. Il ne pouvait imaginer à quel point je me trouvais loin de lui. A sa place, quand je regardais du côté du comptoir, je voyais Roscoë et tout près de moi, je sentais, me pénétrant, la tièdeur du corps de Rowena. Il m'apparaissait de plus en plus que j'avais emprunté la mauvaise voie et qu'au fond, j'avais raté ma vie, négligeant la proie pour l'ombre. Un fameux imbécile, voilà ce que j'avais été. Je n'avais pas voulu de Rowena et maintenant, plus aucune fille ne voudrait de moi. Loi du talion. Frank pouvait être tranquille : je n'assisterais pas à sa déchéance, si déchéance il devait y avoir. Je décidai, dans ce bar où j'étais, pour l'heure le seul client, de partir dès le lendemain pour mon refuge de Yalaha. J'achevais de vider mon verre et m'apprêtais à me lever pour aller signifier ma décision à Greenlaw, lorsque le patron s'approcha :

— Ça fait quatre *cents*...

Pendant que je posais mon argent sur la table, il me demanda :

— Pas d'ici, hein ?

— Non, mais j'ai vécu à Santa Yuccata... Roscoë Praxon était mon ami.

— Dans ce cas, Monsieur, permettez-moi de vous offrir le verre qu'il vous eût offert.

Sans m'inquiéter de mes goûts, il s'en fut chercher la bouteille de rye et en emplit deux petits verres. Il leva le sien.

— A la mémoire de ce bon garçon que fut Roscoë Praxon !

— Que fut... ?

— Vous ne saviez pas ? Il est mort l'an passé... Le cœur, je crois. Alors, vous comptez demeurer dans notre ville ?

— Je repars demain... L'atmosphère des batailles électorales ne me convient guère.

— Il est vrai que cette fois, ce sera sans doute beaucoup plus dur pour l'équipe de George Napeague, le maire sortant, en dépit de sa police sur laquelle il peut compter.

Je baissai la voix pour remarquer :

— Je me suis laissé dire que votre maire avait tendance à considérer les deniers publics comme étant sa fortune personnelle ?

— Pire, Monsieur, pire ! Il met, avec ses hommes, notre ville en coupe réglée !

— Alors, il est fichu ?

— Il le serait s'il n'y avait près de lui Frank Greenlaw, le chef de la police.

— Qu'entendez-vous par là ?

— Que nous ne voulons pas perdre Greenlaw car jamais nous ne retrouverons un flic aussi honnête, aussi loyal.

On m'aurait téléphoné pour m'annoncer que la Maison Blanche s'ennuyant à Washington, était partie s'installer à Bâton Rouge que je n'eus pas été plus désemparé.

— Mais vous venez de me confier que la police était aux ordres du maire ?

— Les policiers, oui, pas leur chef et, croyez-moi, Monsieur, la vie ne doit pas être rose tous les jours pour ce pauvre vieux Frank.

— Dans ce cas, pourquoi reste-t-il ?

— Pour nous protéger, Monsieur. Pour empêcher cette canaille de Valdez de prendre sa place. Si le maire acceptait cette substitution, je crois que Santa Yuccata se soulèverait !

*
* *

Je n'y comprenais plus rien du tout. Pourquoi Frank me mentait-il de façon aussi stupide, aussi outrancière ? Quel puissant motif le poussait à se déshonorer à mes yeux pour obtenir mon départ ? Je n'ai jamais aimé qu'on me prît pour un imbécile. Je ne quitterais pas cette ville avant que Frank ne se soit expliqué sur son comportement ridicule que Doris approuvait ! Et qu'est-ce que c'était que cette histoire de Valdez guettant la place d'un homme avec qui il vivait en si bon termes ?

Revenu sur mes pas avec l'intention d'aller demander à Frank de s'expliquer, j'étais arrivé devant le Bureau de Police. Mais, pour quelles raisons m'avouerait-il la vérité puisqu'il mentait avec autant d'opiniâtreté ? Pour me donner le temps de réfléchir, je m'assis sur un banc du Jardin public. Après tout, en quoi cela me regardait-il ? Je n'étais plus flic, je n'étais plus rien. J'avais perdu Rowena, mon métier et ma santé, alors ?

— On rêve, Mr. Bellano ?

Se dandinant sur ses jambes écartées, le souriant Valdez me regardait entre ses paupières mi-closes.

— Il ne me reste plus grand-chose d'autre à faire, lieutenant.

— Vous vous proposez de rester quelques jours parmi nous ?

Encore un qui souhaitait me voir décamper !

— Non... D'ici quarante-huit heures, je serai parti... J'étais venu à Santa Yuccata lieutenant, heureux de retrouver des gens qui, je l'espérais, pourraient m'aider à supporter mon existence d'infirme...

— Et ça n'a pas été le cas ?

— Hélas !... Les uns sont morts, les autres ont tellement changé que je ne les reconnais plus... Eux aussi sont morts, du moins pour moi.

Il me parut voir l'ombre d'un sourire passer fugitivement sur les lèvres de Valdez.

— Rencontrerez-vous Greenlaw, bientôt ?

— Je vais dans son bureau en vous quittant.

— Alors, ayez l'amabilité de lui présenter mes excuses... Je devais aller le chercher... mais je crois que je rentrerai directement après m'être rendu au cimetière où un taxi me conduira.

— Au cimetière !

— Pour y prendre congé définitivement d'une personne qui me fut chère.

3

Le cimetière de Santa Yuccata est situé au-delà de Ayr Square qui est au croisement de Pinc Street et de Huntington Street. Il est divisé en deux parties et de façon fort inégale. La plus petite est réservée aux catholiques assez peu nombreux dans le coin. C'est aussi la partie la plus ancienne. Un joli cimetière où, chez les catholiques, on devine l'influence du Mexique tout proche. Les tombes sont recouvertes de fleurs artificielles, d'ex-voto, de photos, de verres de couleur protégeant de courtes bougies. C'est surtout le cimetière des immigrants, Mexicains pour la plupart.

Le taxi me dépose juste devant l'entrée de la

nécropole. Le chauffeur — un Mexicain, comme tous ses compatriotes très sensible à l'aventure de la mort — a cru bon de me chuchoter au moment où je le payais :

— Il faut se dire qu'ils sont plus heureux que nous et qu'ils en ont terminé avec nos soucis.

Le brave homme voulait me consoler. Je lui glissai un beau pourboire et, reconnaissant, il me lança avant de démarrer :

— Vaya con Dios, amigo !

Le gardien du cimetière avait une tête à gifles. Entendez qu'il ne cessait d'arborer un sourire obséquieux. On eût dit un médiocre agent immobilier prêt à vous accorder toutes les facilités de paiement imaginables pour peu que vous acceptiez la location qu'il vous proposait.

— Si je puis vous être utile ?

— Je cherche la tombe d'une personne morte depuis une dizaine d'années.

— Je pense que ce sera très simple. Cette personne était-elle catholique ? Ou...

— Catholique.

— Alors, c'est le registre B.

Il prit un grand livre relié en toile noire, le posa devant lui.

— Son nom, je vous prie.

— Blackwood, Rowena Blackwood.

— Nous disons... Blackwood...

Il trouva vite — un peu trop vite, me parut-il — ce qu'il cherchait et avec son éternel sourire, me dit :

— Carré F... rangée R... Tombe 83... En sortant, vous tournez tout de suite à gauche... Arrivé dans la grande allée, vous la remonterez jusqu'à ce que vous soyez parvenu à la hauteur du carré F, après vous n'aurez plus aucun problème.

— Merci.

— A votre service.

Décidément, je devais admettre que j'étais devenu insociable ou que Santa Yuccata était un repère de types impossibles, car tous les gens rencontrés jusqu'ici avaient des airs d'hypocrisie. Dans un autre état, j'aurais cherché la bagarre rien que pour tenter de faire disparaître, à coups de poing, ces sourires archifaux.

Cette partie du cimetière était vraiment charmante. La ferveur mexicaine s'ajoutant aux traditions anglo-saxonnes avait transformé le champ de repos en une sorte de vaste jardin où des allées couraient à travers l'herbe, encadrées par des tombes dont les croix blanches surgissaient d'un fouillis multicolore. Rien de triste dans tout cela et j'en était heureux. De loin en loin, de vieilles femmes s'affairaient, jardinières de la mort, pour embellir la façade des demeures des ombres chères. En passant à côté d'elles, je regardai leurs visages burinés par les ans. Presque toutes montraient des nez agressifs, jaillissant de visages décharnés qui les faisaient ressembler à des oiseaux de proie attirés par l'odeur de la mort. Elles avaient aussi l'air serein, impassible, des résignés. C'était déjà à leurs propres maisons qu'elles travaillaient avec l'espoir qu'après elles, d'autres viendraient veiller sur leur sommeil sans fin.

J'avançais à petits pas dans un coin désert. Il ne devait pas y avoir de Mexicains par là. Les tombes y étaient plus nues, plus discrètes aussi, lors que j'eus soudain l'impression d'être suivi. Je me retournai vivement et eus le temps d'entrevoir une silhouette se dissimulant derrière un monument funéraire. J'hésitais à poursuivre mon chemin mais, franchement, pourquoi me suivrait-on ? me surveillerait-on ? Avant de toucher au terme de mon pèlerinage, je surpris encore deux fois l'homme qui paraissait m'épier. Toutefois, si tant est que ce type exécutât une mission, il s'y prenait fort mal, tellement mal que cela ressemblait plus à un numéro de cirque qu'à une filature. J'avais l'esprit assez préoccupé pour avoir failli manquer la tombe que je cherchais.

Une simple croix de bois peinte en blanc et sur laquelle se détachaient deux noms et des dates :

— Rowena Blackwood 1944 — 1964
— Clarissa Bryant 1891 — 1967

La grand-mère n'avait pas résisté longtemps à la solitude. Etais-je vraiment responsable du triste destin de ces deux femmes ? Question inutile que je me posais uniquement dans l'espoir de trouver une excuse. Pourtant, je savais — aussi bien que si le médecin me l'avait affirmé — que Rowena était morte parce que je n'avais pas été là pour l'aider à lutter contre la maladie. Sans doute, ne l'avais-je pas tuée ?... mais je ne lui avais pas donné la volonté de vivre... Bourrelé de remords, je ne pouvais détacher mes yeux de cette croix et des fleurs presque fraîches qui l'ornaient. Tout un rêve d'existence heureuse ou, du moins, qui aurait pu être heureuse, était enfoui devant moi. Ce n'était pas seulement sur Rowena que je pleurais, mais aussi sur ma vie manquée. Rowena était morte. Etais-je beaucoup plus vivant qu'elle ? De nouveau, le sentiment d'une présence étrangère m'arracha à mes pensées moroses. L'homme qui me suivait en se cachant si mal, se tenait à mon côté. Un curieux type. Un miséreux, vêtu de haillons avec, cependant, une certaine fantaisie. La manière dont il portait ses hardes misérables, témoignait d'un certain goût et la chemise effilochée se révélait propre. Le personnage montrait une sorte de distinction naturelle qui allait transparaître plus encore dans sa façon de parler. Le visage était fin, un peu émacié, le cheveu blond, très mêlé de blanc, l'œil bleu, mais incapable de se fixer. Il semblait regarder beaucoup plus loin que celui auquel il s'adressait. Il se tenait devant moi, immobile. Il me prit le bras et me conseilla d'une voix triste, un peu rauque :

— Il ne faut pas pleurer... Ça ne sert à rien... Quand ils sont partis, ils ne reviennent jamais.

— Qui êtes-vous ?

— Moi, j'ai pleuré et j'ai attendu. Pour rien. Ils continuent à se promener et ils ne me donnent pas de nouvelles. Ils ne doivent pas se douter que je m'inquiète.

— De qui parlez-vous ?

— De ceux qui sont partis.

Je commençais à me demander si le gars jouissait de toutes ses facultés. J'insistai :

— Qui êtes-vous ?

De son bras tendu, il décrivit, à l'horizontale, un cercle presque complet.

— Le berger.

— Le berger ?

— Vous comprenez le français, Monsieur ?

— Oui.

Dans la Petite-Amérique, on avait pour voisine une vieille dame veuve. Elle était française et ne cessait de vanter les charmes de cette langue. C'est elle qui m'avait appris le rudiment du français et fourni un assez solide vocabulaire. Plus tard, à l'Ecole de Police, puis au FBI j'avais approfondi mes connaissances si bien que maintenant, je pouvais comprendre et lire cette langue et je rendais grâce à l'ombre de la vieille voisine.

— Alors, écoutez...

Sa voix prit des inflexions étranges, presque tendres. Ce n'était pas une déclamation, plutôt une confidence.

— Quand solitaire au sourire de pâtre
Je pais longtemps, moutons mystérieux,
Le blanc troupeau de mes tranquilles tombes...

— Si c'est beau, n'est-ce pas ?

Sincère, — bien que je n'eus pas exactement compris — je lui répondis, qu'en effet, c'était beau. Mais déjà, il ne se souciait plus de mon opinion.

— Je garderai la vôtre aussi... Il ne faut pas pleurer, Monsieur... Ils ne sont pas malheureux, là-dessous... Ils dorment, tranquilles et moi, je veille sur leur sommeil... Je dis qu'ils dorment, mais il se peut qu'ils bavardent entre eux... Et puis qui peut affirmer qu'ils sont vràiment là où l'on plante des croix ? Il n'est pas prouvé, Monsieur, que les morts restent en place comme les bateaux à l'ancre. On prie peut-être sur du vide, Monsieur. Qui peut savoir ?

— Comment vous appelez-vous ?

— Julius.

— Julius... comment ?

— Julius n'importe comment, Monsieur. Voyez-vous, je sais que j'ai eu un nom... Tout le monde en a un, n'est-ce pas ? Mais je ne me le rappelle plus.

— Vous habitez où ?

— N'importe où, Monsieur.

— Et... vous mangez...

— Ce que je trouve, ce qu'on me donne...

Je lui tendis deux billets de dix dollars.

— Vous veillerez bien sur ma tombe, n'est-ce pas ?

Il regardait les billets dans sa main, émerveillé.

— Vingt dollars ! Je vais pouvoir acheter des fleurs pour Juliette.

— Juliette ?

— Ma mère. Elle, elle ne m'a pas abandonné, Monsieur. Elle m'aimait beaucoup. Je sais qu'elle ne voudrait pas que je me fasse du mauvais sang à cause des autres. Les jeunes sont plus insouciants, n'est-ce pas ? Venez voir ma mère, Monsieur, s'il vous plaît ?

Je le suivis et dans un coin du cimetière où se trouvaient les tombes abandonnées, il me conduisit parmi les broussailles et les ronces jusqu'à une pierre tombale rongée par les lichens et les mousses du temps.

— Ma mère, Juliette, Monsieur.

Je me penchai sur la tombe où de l'inscription, il ne restait qu'un prénom et la date de la mort. Je me redressai. A présent, ma conviction était faite. Je lui pris la main.

— J'ai été heureux de vous rencontrer, Julius.

— Moi aussi, Monsieur. Vous avez été si généreux... Tenez, si je meurs avant vous, je vous fais mon légataire universel.

— Vous êtes très gentil.

— Je veux vous montrer la cachette où je garde mon trésor.

Déplaçant la pierre descellée du mur tout proche, il sortit de la cavité une boîte de biscuits et, le couvercle de celle-ci ôté, il me montra un cahier relié en moleskine tandis qu'il m'annonçait fièrement :

— Mon journal, Monsieur. Quand je ne serai plus, il vaudra une fortune, et cette fortune sera pour vous.

Je le remerciai longuement avant de le quitter. Je repris mon chemin à travers les tombes et, au moment de quitter le carré F, je me retournai et l'aperçus, penché sur la tombe de cette Juliette dont il se croyait le fils alors qu'elle était enterrée depuis deux cent soixante ans.

Quand je repassai devant sa loge, le gardien au sourire obséquieux en sortit pour me demander :

— Julius ne vous a pas embêté, Monsieur ?

— Mais non. Qui est-ce ?

— Un dingue, inoffensif... Il déclare s'appeler Julius mais personne n'en sait rien... Il est arrivé un beau matin à Santa Yuccata, sans billet de chemin de fer ni d'autobus dans ses poches, pas de papiers et incapable de dire d'où il venait. Les médecins psychiatres qui l'ont examiné pensent, vu son instruction, qu'il a dû être professeur, mais dans quel endroit, on l'ignore. Les enquêtes n'ont abouti à rien. Au début, il parlait parfois avec un peu plus de bon sens. Certains estiment qu'il doit être étranger, canadien ou anglais et que c'est un accident qui lui a fait perdre la raison, un accident où aurait disparu sa famille.

— Il semble être ici comme chez lui ?

— Cela fait six ans qu'il est entré dans ce cimetière et qu'il ne l'a pratiquement pas quitté. Plusieurs fois, on l'en a chassé. Il y est toujours revenu. Il est doux, calme et, du matin au soir s'occupe des tombes abandonnées. Maintenant, on le connaît et chacun lui donne quelques *cents* pour qu'il arrose les fleurs et se livre à de menues besognes. Au fond, il nous rend service et puis il appartient à notre folklore. L'été, je le laisse dormir dans une resserre à outils. Je n'ai jamais eu à me plaindre de lui. Cependant, je l'ai à l'œil, parce qu'avec les dingues, on ne sait jamais.

J'eus envie de lui répondre qu'avec les gens réputés de bon sens aussi, on ne sait jamais.

*
* *

A mon retour chez les Greenlaw, je trouvai Doris et Frank en train de prendre l'apéritif en compagnie d'une grande femme brune, pas jolie, mais d'apparence saine et sympathique du premier abord. Je lui donnai une trentaine d'années. On me la présenta comme une cousine éloignée de Doris, veuve — son mari avait été tué au Vietnam — et qui, pour vivre, exerçait les fonctions d'institutrice dans une institution privée à San Isidro, pas très loin de Santa Yuccata. Elle se nommait Kay Dunblane.

Je venais de reposer mon verre, lorsque Frank m'a demandé :

— Pas trop déprimante ta promenade, Tony ?

— Un peu, si... Un verre au *Silver Ring* où j'allais si souvent autrefois et puis, au cimetière où j'ai rencontré un curieux bonhomme...

— Julius ?

— Oui.

— C'est devenu une figure locale. On l'aime bien. Une sorte d'enfant qui n'aurait vieilli qu'extérieurement. D'une politesse qui éblouit toujours nos Mexicaines. Au début, sa présence était mal tolérée. Aujourd'hui, je crois que son expulsion du cimetière déclencherait une révolution ! Qu'est-ce qu'il t'a raconté ?

— Oh ! Il m'a débité des phrases qui étaient jolies,

mais sans signification... sur la présence ou l'absence des défunts... sur les voyages des morts et qu'il ne fallait pas pleurer parce qu'ils étaient plus heureux que nous.

— On peut toujours l'espérer.

Doris se mêla à la conversation.

— Frank m'a appris que vous aviez décidé de nous quitter ?

Je faillis répondre par l'affirmative, mais l'air inquiet de Frank et le désir trop visible de Doris de m'entendre répondre oui, me firent brusquement changer d'avis.

— Quand j'ai annoncé mon départ au lieutenant Valdez, je revenais du *Silver Ring* et j'étais très abattu, je m'en rends compte à présent. Ma visite au cimetière, la rencontre de Julius, m'ont — assez paradoxalement, j'en conviens, — redonné le goût de vivre. Il y a toujours plus malheureux que soi. Et puis, Frank, si ce que tu crains devait se produire, quoi que tu en penses, ma place serait auprès de toi, car c'est dans ces moments-là qu'on a besoin d'un ami.

Complètement à la dérive, Greenlaw ne sut que dire :

— Je... je te remercie, Tony, mais... enfin, je...

Doris, fort habilement, se porta à son secours.

— Eh bien ! moi, je suis très contente que vous restiez encore quelque temps parmi nous, Tony. Je suis certaine que nous pouvons ressentir la nécessité de nous appuyer sur une affection vraie. De plus, ma cousine qui se propose de passer ses vacances parmi nous sera toute heureuse de trouver en votre personne, mon cher Tony, un chevalier-servant. N'est-ce pas, Kay ?

— Si cela ne doit pas gêner Mr. Bellano...

Je l'assurai du contraire, mais je devinai dans sa gêne, sa surprise difficilement surmontée, qu'il n'avait jamais été question pour elle de passer ses vacances à Santa Yuccata.

CHAPITRE III

1

Les rayons du soleil jouent à travers les fentes de mes volets mi-clos. Je bâille, je m'étire et, les bras croisés derrière la nuque, je médite aimablement pour parvenir à une conclusion réconfortante : même dans mon état, la vie vaut encore la peine d'être vécue. Voilà maintenant huit jours que je suis à Santa Yuccata. L'impression désagréable ressentie lors de mon arrivée s'est complètement dissipée. Doris et Frank semblent avoir perdu cette inquiétude qui paraissait les ronger quand ils parlaient de leur avenir immédiat. Je ne comprends d'ailleurs pas plus leur sérénité retrouvée que je n'avais compris leur angoisse sans objet si j'en devais croire le patron du *Silver Ring*. Mais je me sens trop bien pour m'interroger sur des histoires qui ne me regardent pas, au fond. Contrairement à ce que j'ai pensé durant tous ces mois écoulés, je ne suis pas fini, je ne suis pas une épave, je puis vivre encore et goûter un bonheur quotidien. Certitude qui me donne la force de penser à Kay sans complexe.

Durant la semaine qui vient de s'écouler, nous avons beaucoup bavardé Kay et moi, et nous sommes très souvent sortis ensemble. Nous nous sommes promenés dans Santa Yuccata et au fur et à mesure que les heures passaient, nous nous sentions plus près l'un de l'autre. Kay était une femme tranquille, qui avait déjà été mariée. A travers ses déboires, elle avait dû apprendre — du moins je l'espérais — ce qu'était l'essentiel de l'amour et qu'on pouvait vivre en grande tendresse auprès d'un homme qui n'était plus tout à fait le compagnon qu'une femme peut espérer. Je ne sais pas comment je m'étais épris de Kay alors que j'avais l'esprit encombré de Rowena. Peut-être les malades sont-ils plus esclaves de la réalité? Leurs douleurs sont comme des amarres qui les retiennent au sol, les empêchant de se perdre dans des rêves impossibles et des songes inutiles. Les morts doivent rester avec les morts. Vieille loi. La présence vivante de Kay, sa chaleur, avaient chassé le gentil, mais froid fantôme de Rowena.

Rowena, c'était le passé, un passé que je regrettais de toute mon âme, dont je ne me consolerais peut-être jamais tout à fait. Kay était le présent et il me fallait vivre dans le présent. Je me rendais compte que Doris et son mari suivaient l'évolution de mes sentiments d'un œil complice. Ils étaient contents, sans doute, de me voir émerger de ma neurasthénie. Ce n'était point la beauté de Kay qui m'avait séduit car elle n'était pas belle au sens que l'on donne ordinairement à ce mot. Sa bouche un peu forte, ses méplats accusés lui donnaient un air quelque peu indien, mais elle avait des yeux admirables d'où rayonnait une ineffable douceur. Un peu moins grande que moi, elle semblait bien proportionnée, et la souplesse de ses mouvements disait qu'elle ne dédaignait point la pratique du sport. Son métier m'assurait de son intelligence. Nul enfant ne l'enchaînait à un autrefois dont j'étais absent. Plus j'y pensais et plus je me persuadais que — si elle l'acceptait — Kay serait, pour moi, la compagne idéale pour m'aider à aller jusqu'au bout de ma route.

Dans cette matinée ensoleillée où le ciel n'est pas encore trop bleu et l'air pas encore trop chaud, je vais ouvrir les volets et je reviens m'étendre à nouveau sur mon lit pour imaginer — le cœur en fête — ce que pourrait être notre existence à Kay et à moi. Nous vivrions le plus souvent sur la rive du lac Harris, là où j'ai acheté ma bicoque et quelquefois, voire même chaque mois, nous irions passer trois ou quatre jours à Santa Yuccata, chez les Greenlaw, pour nous retremper dans la civilisation. Je suis tellement transporté par ce que j'attends de demain que j'en oublie ce regret poignant qui ne cessait de me tarauder l'esprit : mon départ du FBI. J'ai le sentiment que le Tony Bellano que l'on connaissait est mort à Conway, dans l'Arkansas, sous les balles de Lee Shopleigh pour céder la place à un Tony Bellano bourgeois, paisible, l'homme des rentrées exactes, des promenades à petits pas au bras de sa femme, en bref tout ce que je moquais autrefois et qui m'est devenu nécessaire aujourd'hui.

Sur les ordres de Doris, je me lève tard le matin. Jamais avant neuf heures. Lorsque je descends — une fois ma toilette achevée — pour mon breakfast, il y longtemps que Frank a gagné son bureau et que Doris est partie faire ses courses. Ce matin-là, je trouvai mon couvert mis comme à l'ordinaire, mais — constatation qui me réjouit — Kay m'attendait. Elle dit dans un sourire :

— J'ai été paresseuse ce matin et j'étais presque prête lorsque j'ai entendu le bruit de votre douche. Alors, je me suis précipitée pour que nous prenions notre breakfast ensemble.

Elle m'avait préparé des œufs, du jambon, du maïs et un grand pot de café avec des toast et des confitures, sans oublier le sacro-saint jus de pamplemousse. Je m'exclamai :

— Seigneur ! Vous voulez donc m'engraisser de gré ou de force, ma chère Kay ?

— Vous avez besoin de récupérer quelques-uns des kilos perdus, alors mangez, jeune homme, et ne protestez pas !

Je m'inclinai :

— A vos ordres, Madame !

Nous avons donc eu notre premier repas en tête à tête, cérémonie matinale qui préfigurait, peut-être, pas mal d'autres cérémonies de ce genre. Lorsque nous eûmes terminé et transporté la vaisselle dans la machine à laver, nous sommes allés nous asseoir sur un banc du jardin situé derrière la maison.

— Savez-vous, Kay, que depuis que je suis à Santa Yuccata, ou plutôt non, depuis que vous êtes arrivée, j'ai retrouvé du goût à la vie ?

Elle eut un sourire gêné.

— Mais, j'en suis heureuse, Tony... très, très heureuse... Vous ne pouvez deviner à quel point j'en suis heureuse...

— Alors que je m'en faisais une joie, voilà que, maintenant, je redoute de partir vivre dans ma petite maison de Yalaha ! Je crains que la solitude ne me soit plus insupportable que si je n'étais pas passé par Santa Yuccata..

— Ne croyez-vous pas qu'à moi aussi, lorsque je serai de retour à San Isidro, la solitude ne va pas peser plus lourd qu'avant ?

— Peut-être y aurait-il un moyen d'arranger les choses Kay ?

— Je ne sais pas... je ne sais pas... Pourtant, je le souhaiterais et de toute mon âme...

Je lui pris la main.

— Jusqu'à présent, Kay, je me figurais être homme d'action. L'action me masquait ma véritable personnalité. Je m'imaginais aimer la bagarre. Ce n'était pas vrai. Je préfère le silence et la paix.

— Moi aussi, Tony. Depuis mon veuvage, je me suis habituée à ce que je jugeais impossible, invraisemblable : cette espèce d'isolement où sont cantonnées les femmes qui n'ont plus de mari.

Timidement, je demandai à mi-voix :

— Kay... Ne pensez-vous pas qu'à nous deux...

Elle m'interrompit très vite :

— Tony, nous ne sommes plus ni vous ni moi des enfants. On ne peut plus espérer bâtir sur des impressions, sur la spontanéité de certains sentiments. Nous avons payé très cher l'apprentissage de la vie. J'estime qu'il faut aller doucement... précautionneusement et étudier ensemble si c'est possible.

Le moment était venu de me jeter à l'eau.

— Kay... je suis gêné et malheureux d'avoir à vous faire des confidences pénibles sur mon état de santé et mon obligation de vivre au ralenti.

— Ne me les faites pas... Doris m'a mise au courant. Mais je voudrais que vous vous persuadiez que j'ai assez vécu, assez souffert pour comprendre que l'amour c'est autre chose que ce que les gens se figurent. De l'homme avec qui je tenterai de recommencer ma vie, je réclamerai d'abord une grande tendresse. Je veux pouvoir compter sur lui quoi qu'il puisse arriver. Pour le meilleur et pour le pire, Tony.

Je ne répondis pas et me contentai de serrer longuement une main qu'on ne retira pas.

— Kay, le temps est superbe et ainsi que vous l'avez dit fort justement, il ne faut pas que nous parlions trop vite. En attendant l'heure du déjeuner, voulez-vous que nous allions nous promener ?

*
* *

Sortant de la maison, nous avons tourné à gauche pour gagner Adélaïde Square et, sans même y réfléchir, je tournai encore à gauche dans Dixwell Avenue et de nouveau à gauche, dans Flatbush Avenue. J'obéissais non pas à un choix, mais à une sorte de réflexe. Kay et moi bavardions de mille choses, de l'existence insipide qu'elle menait à San Isidro, cité sans la moindre originalité, et moi je glosais sur Washington et le sentiment d'étouffement qu'on ressentait dans cette métropole. Comme si c'était devenu une habitude, nous nous sommes engagés, en prenant à gauche, toujours, dans Eddy Street. Cette voie, large et encore animée quoiqu'un peu excentrique, longeait, sur une partie de sa longueur, Bellerose Forest, lieu de prédilection des enfants. Nous avons suivi les sentiers soigneusement ratissés de cette forêt citadine pour promeneurs du dimanche. Nous nous sentions bien. Le jour et l'heure excluaient la foule. A peine si quelques cris d'enfants nous apprenaient que nous n'étions pas seuls ainsi que nous aurions eu tendance à le penser. Le décor m'était familier. Je reconnaissais chaque bouquet d'arbres, chaque clairière et, brusquement tournant la tête vers ma compagne, je pris conscience que depuis que nous avions quitté la maison, j'obéissais à une morte. Avec elle, je refaisais le chemin si souvent parcouru ensemble. Ce n'était pas Kay, mais Rowena qui marchait à mes côtés. Une sorte de panique s'empara de moi. Nous fîmes quelques pas en silence. Je devinai que Kay m'observait du coin de l'œil. Mon émoi, visible, devait la faire se demander ce qui m'arrivait. Je dis :

— J'éprouve, soudainement, une grande fatigue... Cela fatigue... Cela ne vous ennuierait pas que nous nous asseyions quelques instants ?

Elle me prit par le bras et me conduisit à un banc qui dominait une pente herbeuse.

— Ça ne va pas, Tony ?

— Je ne sais ce qui m'arrive... Je n'ai plus de jambes...

— Reposez-vous et puis nous prendrons un taxi pour rentrer.

Je fermai les yeux afin de tenter d'échapper à l'envoûtement de la morte. Je sentais que j'étais sur le moment d'y parvenir lorsque le bruit d'une galopade me fit ouvrir les paupières. Une fillette courait à perdre haleine, un garçon qui essayait de la rattraper, se mit à crier :

— Rowena... ! Reviens... ! Rowena... !

Je poussai un gémissement. Inquiète, Kay se pencha vers moi :

— Vous souffrez ?

De quelle façon lui expliquer que c'était ces enfants... que le petit garçon rattraperait sa Rowena, mais que ma Rowena à moi ne reviendrait jamais... Nous sommes d'étranges animaux, nous autres les hommes. Cette Kay assise à mes côtés et avec laquelle, il y a moins d'une demi-heure, j'envisageais de refaire ma vie, me devenait soudain étrangère parce que la morte que j'aimais se réinstallait dans ma mémoire à l'occasion d'une promenade qui lui appartenait. Ces gosses qui avaient passé devant moi, m'avaient-ils été envoyés pour m'empêcher d'oublier le passé ?

Je n'arrivais pas à sortir de mon mutisme. Je comprenais à quel point je me montrais grossier avec ma compagne, mais je ne parvenais pas à trouver les mots dont j'avais besoin. Rowena m'occupait tout entier et me nouait la gorge. Avec un brin de sécheresse dans la voix, Kay remarqua :

— Peut-être serait-il sage de rentrer ?

— Oui.

Nous nous sommes levés et sommes partis, silencieux. Au Round qui marquait l'entrée monumentale de la forêt, il y avait des taxis. L'un d'eux nous ramena chez les Greenlaw. J'aidai Kay à descendre et lui déclarai :

— Pardonnez-moi de vous abandonner, mais j'ai affaire en ville.

Elle m'a regardé longuement, très longuement et j'étais affreusement gêné.

— Vous savez mieux que moi quels sont vos soucis, Tony... Allez donc, je vais préparer les cocktails en attendant votre retour.

*
* *

J'avais honte. Je m'étais conduit d'une manière abominable envers cette pauvre femme. Bien que me rendant compte du mal que je lui infligeais, je ne pouvais m'empêcher d'agir de la sorte. Au vrai, ma honte ne venait pas de mon attitude envers Kay, mais de ma conduite à l'égard de Rowena. Comment avais-je pu oublier ma petite morte du temps jadis ? J'avais envie de courir lui demander pardon et sautant dans le taxi, je me fis conduire au cimetière.

En me voyant, le gardien me regarda d'une drôle de manière et me dit :

— Décidément, Monsieur, vous avez l'air de vous plaire chez nous ?

— Oui... oui... oui, je me plais chez vous... je m'y plais... c'est le mot.

Il ricana :

— Prenez garde, parce que quand on s'y installe pour de vrai, ça dure !

Visiblement, ce type ne m'aimait pas et j'aurais voulu savoir pourquoi. Tandis que je gagnais le carré où dormaient Rowena et sa grand-mère, je le sentais qui, à travers le carreau de sa fenêtre, me suivait des yeux. Qu'est-ce qu'il pouvait bien supposer que j'étais capable de faire dans son cimetière ? Il n'avait quand même pas peur que je vole quoi que ce soit ! Lorsque je fus arrivé devant la tombe qui était désormais MA tombe, parce que sous la dalle dormait tout ce qu'il y avait eu de bon dans le jeune homme que j'avais été, je priai longuement pour le repos de l'âme de ma chère aimée. C'était curieux. Il y avait des années et des années que je n'avais prié et il avait suffi que je fixe la croix pour qu'aussitôt les paroles que je me figurais oubliées, me remontassent aux lèvres. A toutes deux j'assurai que le temps me durait de les retrouver et j'étais sincère. Il ne subsistait plus rien en moi du Tony du matin qui croyait possible de refaire sa vie avec Kay. Où que j'aille vivre, et quelle que soit la femme avec qui j'essaierais de vivre, je serais toujours seul, sans Rowena.

Alors que ma prière achevée, je levai les yeux j'aperçus dans le coin abandonné du cimetière, mon ami Julius qui m'adressait de grands signes. D'où j'étais, on eût dit un grand échassier s'imposant des efforts maladroits pour tenter de prendre son vol. Julius me plaisait de plus en plus parce qu'il représentait pour moi une enfance miraculeusement préservée, prolongée. Il en avait la crédulité, il en avait les songes. Il en avait la pureté. Je me suis mis en route vers son domaine. Je marchai très lentement entre les tombes, à la manière d'une barque quittant le port et qui doit naviguer avec précaution pour ne point heurter les autres embarcations. Quand je m'approchai de lui, Julius me demanda :

— Vous êtes revenu voir mon troupeau ?

— Oui, Julius, je suis revenu... Je me plais parmi les tombes comme vous et je reviendrai encore jusqu'au jour où je m'allongerai près de ceux qui dorment pour l'éternité.

Nous nous sommes assis près l'un de l'autre, sur un tas de décombres. D'assez longtemps, nous n'avons pas ouvert la bouche, puis mon compagnon du moment a dit, s'adressant à un auditoire invisible :

— Il aimait bien les deux femmes.

— J'aurais dû me marier avec la jeune.

Il répéta :

— Il aurait dû se marier avec la plus jeune.

— Je l'ai abandonnée, Julius. Vous entendez, j'ai été assez lâche pour l'abandonner...

Il haussa les épaules.

— Il s'imagine qu'il les a abandonnées, mais hein ? Quand ce n'est pas nous qui les abandonnons, ce sont elles... Tous les moyens leur sont bons pour nous quitter... La route... la mer... le feu... la maladie... Elles n'ont pas leurs pareilles pour trouver les portes par où elles se sauvent...

Je pensai à l'accident qui avait peut-être anéanti la famille de Julius. Je lui tapai sur l'épaule.

— Nous sommes des malheureux, vous et moi, mon vieux.

— Oui, Monsieur, nous sommes des malheureux, nous sommes tous des malheureux, mais certains inventent des malheurs imaginaires pour pouvoir souffrir...

— Que voulez-vous dire, Julius ?

Il s'adressa, de nouveau, à ses auditeurs imaginaires.

— Il demande ce que je veux dire... C'est comme tous ceux qui veulent me persuader que ma femme est morte et aussi ma fille Daisy et encore ma fille Pearl... Moi je leur réponds : je n'ai pas vu leurs cadavres. Vous pouvez me montrer leurs cadavres ? Non, n'est-ce pas ? Alors pourquoi vous croirais-je ? Thomas n'était pas sot qui souhaitait toucher pour croire.

J'avais de la peine pour Julius, mais je comprenais ce qu'était son chemin d'évasion. Parce qu'il ne les avait pas contemplées mortes, il refusait leur mort. Il se convainquit qu'elles étaient parties — ces femmes qui étaient toute sa vie — parties il ne savait ni où ni pourquoi, mais qu'elles reviendraient et que ce jour-là, il se remettrait à vivre. Il y avait de la cruauté à dissiper ses chimères puisqu'il était heureux ainsi. Je me levai.

— Avez-vous besoin d'argent, Julius ?

Il m'attrapa la main.

— Vous aimez bien Julius, n'est-ce pas ?

— Oui, mon vieux, je vous aime bien.

— Si je pouvais, je vous confierais quelque chose d'important, de grave et qui vous ferait peut-être plaisir.

— Pourquoi ne le faites-vous pas ?

Il eut un rire triste et prit à témoin ses fantômes.

— Il veut savoir les raisons de mon silence... J'ai beau être fou, je tiens à ma peau... Si je n'étais plus là...

Il montra les tombes.

— ... qui prendrait soin d'elles ?

*
* *

— Il vous a pas trop cassé les pieds, Julius ? Parce que s'il se met à embêter les visiteurs, je le sors à coups de pied dans le train !

Le gardien souriait, sûr de sa force.

— Ce ne serait pas un exploit.

— Je dis pas, mais je suis payé pour faire respecter le cimetière. Vous êtes de la parenté de ces deux pauvres dames ?

— Si on veut... Maintenant que je les ai retrouvées, j'ai du mal à les quitter et pourtant...

— Bah ! Croyez-moi, vaut mieux être dessus que dessous.

C'était une brute et je n'avais aucune raison de converser avec ce sale bonhomme.

Mon taxi me déposa à Jefferson Square où je me reposai un moment sur un banc. Je ne pouvais détacher mon esprit de Julius. Il avait induscutablement perdu une partie de sa raison. Cette tombe où il croyait que reposait sa mère... Son refus d'accepter la mort de sa femme et de ses filles... Ce goût morbide le faisant passer ses journées au cimetière... A cet instant, une idée me traversa la cervelle : et toi, que fais-tu d'autre ? A quoi riment ces entretiens avec une morte ? Qu'espères-tu ? Qu'elle va — comme Lazare — sortir du tombeau ? Que je l'accepte ou non, j'étais bel et bien en train de prendre le chemin emprunté par Julius ! Je n'avais qu'à me souvenir de ce qui m'était arrivé dans Bellerose Forest et la manière dont je m'étais conduit envers Kay. Aussitôt, je pris la résolution de ne plus penser à Rowena et de ne pas remettre le pied dans le domaine enchanté de Julius. Pour me remettre de mon émotion, je me précipitai au *Silver Ring*.

2

L'alcool ne m'est pas recommandé et depuis mon accident, je m'en étais, le plus possible, abstenu mais l'idée qui m'avait effleuré quant à mon équilibre mental m'avait si durement secoué, qu'entrant en vitesse dans l'établissement, je me précipitai au bar et bus deux whiskies coup sur coup. Placide, le patron remarqua :

— Vous n'avez pas l'air dans votre assiette, mon vieux ?

— Franchement, est-ce que vous jugez que je suis fou ?

— Ma foi, je ne vous connais pas assez pour vous

donner une réponse valable... mais apparemment, vous n'avez pas l'air plus tordu que les autres ! Est-ce que je peux savoir pourquoi vous me posez cette surprenante question ?

— Je viens de bavarder longuement avec Julius...

— C'est donc ça ! Vous savez, il ne faut pas vous laisser impressionner. Julius est un brave type dont le ciboulot bat la campagne de temps à autre. A part ça, un chic garçon...

— Ce qui me fait peur, c'est ce qu'il raconte...

— Sans blague ?

— Sur les morts qui se promènent sous terre et qui ne sont pas souvent là où on les croit...

— Et alors ?

— Il m'a montré la tombe de sa mère morte il y a plus de deux siècles !

Le patron hocha la tête.

— On se demande où il va chercher ces histoires ! Mais dites, s'il y en a un qui est fou, c'est pas vous, c'est lui !

Instinctivement, je baissai la tête comme pour un aveu.

— Je commence à penser à sa façon... J'ai beaucoup aimé une fille, jadis, ici, à Santa Yuccata... Elle est morte depuis longtemps et... et je n'arrive pas à l'oublier... Je ne parviens pas à ne pas la tenir pour vivante... J'ai l'impression de la voir, de l'entendre...

— Vous êtes un sentimental... Je vous comprends parce que j'en suis un, moi aussi... Mais y a un remède bien simple : mon vieux foutez le camp ? Puisque vous n'êtes pas d'ici, ça doit vous être facile. Attention ! voilà Valdez qui rapplique. Vous tenez à le voir ?

— Ah ! non...

— Alors, filez vous asseoir près de la table du téléphone dans le recoin. D'ici, on ne peut pas vous apercevoir et le lieutenant ne s'assied pour ainsi dire, jamais.

Je fonçai, avec mon verre, prendre place à l'endroit indiqué. J'entendis le policier commander sa consommation, puis échanger quelques réflexions banales avec le patron sur le temps. Soudain, il questionna :

— Pas grand monde, hein ?

— Ce n'est pas encore l'heure.

— Il n'y a personne par là ?

Je sus qu'il allait me découvrir et fermai les yeux. Son exclamation m'obligea à jouer celui qu'on arrache à une torpeur reposante.

— Par exemple ! Mr. Bellano ! Pourquoi, diable ! vous cachez-vous dans ce coin ?

— Me reposer... Je suis las... très las... Je pense que j'ai un peu abusé de mes forces depuis que je me trouve à Santa Yuccata.

— Je le pense aussi et je me permets de vous dire que vous avez tort.

— C'est, sans doute, vrai.

— Vous permettez que je m'asseye ?

Avant que je n'aie répondu, il était déjà sur la chaise en face de la mienne. Il finit de boire son verre, le posa doucement sur la table, s'essuya les lèvres, puis :

— Parce que vous êtes l'ami de Frank, Mr. Bellano, vous m'êtes très sympathique... En plus, vous apparteniez au FBI ce qui, pour un Américain, est une bonne recommandation quoique — vous ne m'en voudrez pas de cette remarque, j'espère — il y a un peu trop de bluff dans la réputation de votre organisation. Tout cela, Mr. Bellano, pour vous assurer que je serais navré s'il vous arrivait quelque chose... enfin, quelque chose d'ennuyeux.

— Que pourrait-il m'arriver, à votre avis, lieutenant, et pourquoi ?

— Vous avez un comportement étrange depuis votre venue et je sais que les Greenlaw se font beaucoup de soucis à votre sujet.

— J'en suis navré... Mais je ne distingue pas les raisons de ces préoccupations ?

— Disons, si vous le voulez, que votre attitude ne leur plaît pas, pas plus que ne les enchante d'apprendre que vous vous rendez souvent, très souvent au cimetière. Je suis au courant, Mr. Bellano, des raisons sentimentales de votre visite à Santa Yuccata.

— Décidément, Frank n'a pas de secret pour vous, lieutenant ?

— Aucun secret, Mr. Bellano.

Valdez et moi, nous nous détestions et nous nous rendions parfaitement compte de nos sentiments réciproques.

— Je ne parviens pas à imaginer ce qu'il peut y avoir d'inquiétant dans le fait que je sois fidèle à une morte ?

— Mr. Bellano, vous n'ignorez pas que les élections approchent, des élections qui sont très importantes pour notre équipe.

— Et alors ?

— Et alors, Mr. Bellano, nous ne pouvons courir le risque de faire parler de nous — d'une manière hostile ou moqueuse — fût-ce par l'intermédiaire de nos amis.

— Je ne comprends toujours pas.

— Nous souhaiterions que vous cessiez vos visites

au cimetière qui sont trop remarquées. Nous souhaiterions que vous n'écoutiez pas les élucubrations de ce pauvre Julius que nos adversaires nous reprochent de laisser en liberté... Si je peux me permettre de vous donner un conseil, Mr. Bellano, bouclez vite votre valise et filez à Yalaha.

Il se leva.

— Je sais que nous dînons ensemble, ce soir, chez les Greenlaw. A bientôt donc, mais suivez mon conseil et vous ferez preuve de sagesse.

Nous ne nous sommes pas dit adieu. Je ne parvenais pas à deviner pour quelles raisons je troublais la sérénité de Santa Yuccata. Une seule chose m'apparaissait certaine : pour des motifs inconnus, ce Valdez était prêt à tout pour débarrasser la ville de ma présence.

Le patron m'a rejoint.

— Valdez est votre ami ?

— Il me hait et je crois bien que je le déteste aussi. Pourquoi a-t-il fallu qu'il me déniche dans ce coin ?

— Il vous cherchait.

— Comment cela ?

— J'ai l'habitude... Quand il est entré, il s'est arrêté deux ou trois secondes sur le seuil pour regarder la salle. Visiblement, il était déçu. Il s'attendait à vous voir, sans doute parce qu'il vous filait... Rien ne l'obligeait à gagner l'autre partie de la salle, puisqu'il ne se rendait pas aux toilettes et qu'il ne m'a pas demandé de jeton de téléphone... Je vous répète qu'il vous cherchait. S'il n'est pas votre ami, je me méfierais à votre place.

— Qui est ce Valdez ?

Le patron eut une moue de dégoût.

— Un Mexicain... Famille d'ouvriers agricoles...

Le père a dû se faire naturaliser... mais d'où vient-il ? Personne ne le sait.

— Depuis quand est-il installé à Santa Yuccata ?

— Il y a une douzaine d'années... Certains l'ont connu chauffeur de taxi et puis, un jour, on a appris qu'il entrait dans la police... Jamais on n'avait vu ascension aussi rapide. En moins de six mois, il passait du rang de simple flic à celui de lieutenant.

— Pourquoi cette promotion ?

— Certains disent qu'il assume les tâches que son chef — Frank Greenlaw — serait incapable de mener à bien, tout seul. Les autres chuchottent que Doris Greenlaw porte la culotte dans son foyer et que Valdez étant devenu son amant, elle a exigé de sa bonne pâte de mari qu'il fasse une belle existence à son rival.

— De la vertu conjugale de Doris, je ne saurais répondre, mais pour Frank, je vous assure qu'il n'est ni un lâche ni un incapable.

— Je vous ai rapporté ce qu'on raconte en ville.

— Je n'en doute pas, ami, mais je suis troublé. Les menaces de Valdez tout à l'heure, ce que vous m'apprenez maintenant... Je ne me sens pas le courage de revoir mes amis immédiatement... Je vais leur téléphoner de ne pas compter sur moi avant ce soir, j'ai besoin de réfléchir.

C'est Doris que j'eus au bout du fil. Elle se montra extrêmement froide et se contenta de me répondre :

— Il vaut mieux, en effet, que vous ne vous montriez pas tout de suite après l'affront que vous avez infligé à Kay.

Elle raccrocha avant que je n'aie pu répondre. Le patron, constatant ma mine défaite m'invita à partager son lunch et quand nous eûmes mangé, je retournai dans mon petit coin discret pour tenter de faire le point de ma situation.

Que Doris trompât son mari avec Valdez, cela ne me faisait pas plaisir de l'apprendre, mais quoi ! ces histoires conjugales ne regardent que les intéressés. Etait-ce dans la crainte que je découvre son triste secret que Doris avait voulu que je m'en aille, et devant mon refus m'avait-elle jeté Kay dans les bras avec l'espoir de me neutraliser ? Que pouvait-elle donc redouter ? Que son mari l'apprenne par mes soins ? Mais il était au courant ! De son côté, Frank avait-il hâte de me voir partir pour que je ne sache ni son malheur ni sa lâcheté ? Et pourquoi avait-il fait de son rival, son second ? Je n'apercevais pas la moindre lueur. Enfin, restait l'hostilité haineuse de Valdez à mon endroit. Je ne me l'expliquais pas davantage. Parce que je m'étais fait un ami de Julius ? C'était idiot... J'avais assez fréquenté de tueurs pour les reconnaître à leurs yeux. Or, Valdez avait des yeux de tueur. C'est alors que j'eus l'idée — un peu folle — de me préparer des alliés susceptibles d'arriver à la rescousse au cas où je me sentirais en danger.

Je demandai de quoi écrire à mon hôte et durant une heure, je mis noir sur blanc tout ce qui m'était arrivé depuis ma réapparition à Santa Yuccata, les gens rencontrés, y compris Julius et sa promesse de trésor, le cas mystérieux de Valdez, les craintes mensongères de Frank visant sa réélection, la double existence de Doris dont son mari n'ignorait rien et je terminai en déclarant que dès réception de cette longue missive, il fallait me rejoindre ici et si l'on ne me trouvait pas, se mettre à ma recherche en commençant par rencontrer, dans le plus grand secret, le patron du *Silver Ring*. Ensuite, je cachetai soigneusement l'enveloppe et m'appliquai à presque calligraphier l'adresse : Mr. Hal Dalry 327 Burckridge Street — Washington.

J'appelai le patron.

— Voici une lettre. Vous l'expédierez en express le jour où je vous le demanderai soit ouvertement si je le puis, soit de façon détournée si je ne puis m'exprimer librement. Je viendrai tous les jours chez vous. Si un jour je ne viens pas, envoyez-la. Je demande à celui à qui elle est adressée de vous contacter en premier. Je peux compter sur vous ?

— Vous le pouvez.

*
* *

Je passai la plus grande partie de l'après-midi sur un banc de Bellerose Street. Depuis toujours, j'ai l'habitude, quand je rencontre des difficultés, de les aborder de face. En me rendant à l'endroit où j'avais, quelques heures plus tôt, subi le choc m'ayant fait me conduire si mal avec Kay, je voulais savoir si oui ou non je pouvais échapper à l'envoûtement du souvenir de Rowena.

Une chose s'avérait certaine : dans la condition physique qui était la mienne la seule chance qui me restait de survivre, je veux dire de trouver la force de vieillir, tenait dans le choix d'une compagne possible pour me suivre jusqu'au bout. Kay me semblait devoir être cette femme-là. Sans doute garderais-je une place d'honneur pour Rowena dans mon jardin secret, mais son souvenir seul ne pouvait m'aider dans les épreuves quotidiennes qui m'attendaient. C'est pourquoi, il me semblait que la sagesse me commandait — dans l'imbroglio sentimental et réel où je me débattais depuis mon arrivée à Santa Yuccata — de bien distinguer mon problème personnel (mes relations avec Kay) et celui que posait mon rapport avec les Greenlaw.

Le premier, après trois heures passées sous les arbres de Bellerose Forest, était pratiquement résolu. Bien que me trouvant dans le décor où son ombre me devait être la plus présente, Rowena ne m'obsédait plus. Je crois que le remède m'avait été salutaire et que j'avais vaincu les phantasmes m'empêchant de vivre pleinement. J'allai rentrer et prier Kay de m'excuser en lui demandant de faire repartir nos relations à zéro. Si elle voulait de moi, elle serait Mrs. Bellano.

Quant au second problème, il se divisait encore en deux parties: l'histoire sentimentale dont Valdez, Doris et Frank étaient les tristes héros, et l'histoire, incompréhensible pour l'heure, mais où je paraissais, sans en deviner les raisons, jouer un rôle primordial, rôle qui serait élucidé le jour où j'aurais compris pourquoi Frank et Doris me mentaient, pourquoi Valdez me détestait, pourquoi enfin on ne voulait pas que je me fasse un ami de Julius. En quittant Bellerose Forest, j'étais résolu, d'une part à mener à son terme et au plus vite mon aventure avec Kay, d'autre part à ne me point mêler des relations entre mes amis et de quitter rapidement Santa Yuccata.

En arrivant chez les Greenlaw, je tombai sur la maîtresse de maison.

— Bonsoir, Doris.

— Bonsoir, Tony.

Voix sèche, dépourvue de la moindre chaleur.

— Vous m'en voulez, Doris ?

Sans me regarder, elle répondit :

— Mettons que vous me décevez et n'en parlons plus.

— Doris... Vous savez combien je tiens à votre amitié, à votre affection... Si vous aussi vous m'abandonnez...

Elle s'humanisa :

— Tony... Vous n'aviez pas le droit de vous conduire avec Kay de la façon dont vous vous êtes conduit... Elle a vécu des années avec le souvenir d'un mort et voilà que vous lui imposez, que vous lui opposez le souvenir d'une morte !

— Croyez-vous qu'elle accepterait d'oublier ?

— C'est auprès d'elle qu'il faut vous renseigner.

— Où est-elle ?

— Dans sa chambre, en train de préparer sa valise.

Quand je me présentai devant elle, le visage de Kay ne montra ni joie, ni hostilité. Ce fut elle qui m'adressa la parole en essayant de plaisanter.

— Seriez-vous venu me donner un coup de main ?

— Kay...

Elle me regarda et comprit mon émotion. Ce fut très doucement qu'elle me demanda :

— Qu'est-ce qu'il y a, Tony ?

— Je... je voudrais vous demander de me pardonner ma conduite.

— Vous n'avez pas à vous faire pardonner...

— Je souhaiterais vous expliquer...

— Pensez-vous que ce soit indispensable ?

— Je le pense.

— Dans ce cas, je vous écoute.

Nous prîmes place l'un en face de l'autre sur les deux sièges de la chambre.

— Kay, j'ai passé trois heures à m'interroger cet après-midi, dans une solitude parfaite. J'en suis arrivé à cette conclusion que si le souvenir de Rowena m'obsède à ce point c'est qu'il se confond — chose dont je n'avais pas encore pris conscience — avec ma jeunesse et plus encore avec l'homme que j'ai été jusqu'à l'an passé, celui que je ne puis plus être... M'imaginant pleurer sur Rowena, c'est sur moi que je pleurais, enfin sur le moi d'hier... Je ne l'ai compris que tout à l'heure... Quand nous étions ensemble, ce matin, j'ai ressenti brusquement l'impression douloureuse, que ce que nous disions vous et moi, que ce que nous envisagions, étaient comme un reniement de celui que je regrette de ne plus être, de ne plus pouvoir être. Je me crois, sincèrement guéri. Alors, voulez-vous, Kay, que nous recommencions à parler de l'avenir ?

Ainsi que le matin, lorsque je l'avais abandonnée à la porte des Greenlaw, Kay me regarda longuement.

— Ce sera avec joie, Tony, mais pas tout de suite... Peut-être êtes-vous guéri ainsi que vous me l'affirmez, mais... la guérison a été bien rapide et je suis en droit de craindre des rechutes... Voulez-vous que nous attendions de nous connaître mieux ?

— Sans doute, cependant je ne vois pas de quelle façon nous devons nous y prendre pour essayer de nous comprendre ?

— Vous me parlerez de votre passé, de vos goûts, j'agirai de même. Je me rendrai à Yalaha... et dès demain, si vous n'y voyez pas d'inconvénient, nous irons à San Isidro. J'estime qu'il est bon que vous vous fassiez une idée vraie de l'endroit où j'ai vécu seule, pendant trois ans.

*
* *

Le dîner commença dans une atmosphère très détendue. Notre réconciliation nous ayant mis, Kay et moi, dans d'excellentes dispositions. Doris et Frank, heureux d'apprendre la nouvelle juste avant l'arrivée de leurs hôtes, n'avaient point dissimulé leur satisfaction et Doris m'avait longuement embrassé en m'assurant que mes malheurs débouchaient sur un bonheur que je ne méritais peut-être pas. J'avais oublié mes idées noires du matin, toutefois l'attitude de Valdez continuait à me préoccuper. Au moment où il s'était présenté, Doris l'avait tout de suite pris à part pour lui raconter je ne sais quoi, mais sitôt qu'il eut entendu notre hôtesse, il fit preuve à mon endroit d'une courtoisie qui me surprenait autant qu'elle m'intriguait. En quoi mon rabibochage avec Kay l'intéressait-il ?

Le lieutenant était accompagné de sa femme, Mildred. Une blonde oxygénée approchant de la quarantaine qui m'apprit être une ancienne chanteuse ayant connu ses heures de gloire, dix ans plus tôt, dans les boîtes de Santa-Fé. Elle parlait d'une voix rauque qu'elle jugeait, sans doute, sexy, mais que l'alcool avait dû quelque peu rouiller. Dès ses premières réflexions, elle me convainquit de son incurable sottise. L'autre invité, l'adjoint au maire, Burt Winchendon, était un gaillard d'une cinquantaine d'années, très grand, assez massif. Le vent et le soleil du Nouveau-Mexique étaient seuls responsables — affirmait-il — de son teint rouge brique. En vérité, le whisky devait y être pour quelque chose. Winchendon aussi avait amené son épouse, Eva, une quinquagénaire paisible, silencieuse, robuste qu'on me dit être fille de gros propriétaires terriens. Visiblement, elle s'ennuyait et ne prenait pas la moindre part à la conversation.

Doris avait mis les petits plats dans les grands. La chair était parfaite et, au dessert, Frank nous offrit du champagne californien. Je fus étonné qu'à aucun moment on n'ait parlé des futures élections qui, pourtant — du moins d'après leurs dires — préoccupaient les hommes assis à cette table. Tout d'un coup, Mildred Valdez me demanda :

— Alors, comme ça, vous étiez au FBI ?

— En effet.

— Eh bien ! moi je les blaire pas les types du FBI... C'est tous des crâneurs qui s'amènent toujours pour rafler le profit des boulots que d'autres ont fait.

— Je crains, chère Madame, que vous ne soyez pas complètement informée sur le FBI.

— Je vous répète que ce sont des malins, d'accord, mais des profiteurs ! Je les ai vus agir à Santa-Fé...

Il y eut une gêne. Doris tenta d'intervenir.

— Ce n'est pas gentil ce que vous dites à notre ami, Mildred.

— Et qu'est-ce que vous voulez qu'elle me fasse votre opinion, Doris ?

Il n'y avait pas besoin de s'interroger pour comprendre qu'entre ces deux femmes, il existait une haine solide. Mon copain du *Silver Ring* avait donc raison ?

Les choses auraient pu s'envenimer de façon catastrophique si Valdez ne s'en était mêlé.

— Mildred, je te conseille de te taire, sinon tu le regretteras.

Cette menace était exprimée sans élever la voix, sur

un ton froid qui la rendait d'autant plus dangereuse. Mildred haussa les épaules et bougonna :

— Naturellement, tu prends toujours son parti contre moi...

Puis, relevant la tête, elle me fixa et me lança :

— C'est à cause de vous que je me fais engueuler ! Vous cassez les pieds à tout le monde ici et si on n'ose pas vous le dire, moi je vous le dis !

Je ne savais que répondre. D'ailleurs, Valdez ne m'en laissa pas le temps. Il se leva, empoigna sa femme par une épaule, la força à quitter sa chaise et nous pria de l'excuser en entraînant Mildred qui se débattait vers l'étage des chambres. Frank tenta d'expliquer :

— Je suis le grand fautif. J'aurais dû me rappeler que Mildred supporte mal la boisson... Elle ne voulait sans doute pas venir ce soir et elle t'a rendu responsable, mon pauvre Tony, de ce qui était pour elle une corvée.

L'adjoint au maire appuya les dires de mon ami.

— Mildred a eu une jeunesse difficile, une existence mouvementée et il y a des jours où se rappelant les mauvaises heures d'autrefois, elle cherche querelle à n'importe qui.

Pour amener une diversion, Doris s'enquit auprès d'Ava Winchendon.

— Comment vont vos chers parents ?

— Ils sont préoccupés, ces temps-ci.

— Ah ?

— Pour une question de fumier.

Doris jeta un coup d'œil désespéré à son mari avant de donner son avis.

— Ce doit être, en effet, de gros soucis... Et si nous passions au salon.

Valdez revint, alors que nous chauffions dans nos mains un verre de vieux rhum. Le lieutenant nous pria de ne pas en vouloir à sa femme.

— Surtout vous, Mr. Bellano, qu'elle a littéralement agressé. Il y a des moments où elle est intenable. Je regrette que ça se soit passé ce soir.

J'assurai Valdez que j'avais déjà oublié cet incident.

— Vous êtes trop bon, Mr. Bellano... Je suis sûr que Mildred, en se réveillant, voudra vous présenter ses excuses.

— Je vous assure que c'est absolument inutile.

— J'y tiens, Mr. Bellano.

Sur ce, une fois encore, on parla d'autre chose. Pour être aimable — et parce qu'au fond, j'en étais convaincu — je leur dis combien j'enviais l'amitié solide semblant les unir. Ils m'assurèrent que je ferais bientôt partie de leur cercle et quand je m'ennuierais trop à Yalaha, je n'aurais qu'à les rejoindre, ils se feraient toujours une joie de m'accueillir. J'en avais chaud au cœur. Ne sachant trop que répondre, je partis sur un chemin de traverse.

— Quand je regrette de ne pas avoir d'amis dans le coin en dehors de Frank et Doris, et peut-être Kay Dunblane, je suis injuste, car j'en oublie un : Julius ! Julius le philosophe qui semble m'avoir pris en affection. Je sais que ça n'enchante guère le lieutenant Valdez, mais enfin, il me plaît, ce type...

Valdez protesta :

— Mon cher, j'ai voulu simplement vous mettre en garde... Vous savez qu'on a vite fait d'assurer : qui se ressemble s'assemble, c'est pourquoi, comme on connaît vos liens avec Frank et Doris, je ne voudrais pas qu'on plaisantât à votre sujet. Ceci dit, j'aime bien, moi aussi, Julius...

Mi-sérieux, mi-plaisantant, j'ajoutai :

— Jugez, Messieurs, à quel point il peut être pénible de rompre avec un sage qui m'a promis de grandes révélations sur la mort, la transhumance des cadavres et qu'on ne devait jamais admettre comme une certitude que les disparus restent sous les pierres tombales où on les a déposés... De plus, il a fait de moi son légataire universel et notamment d'un trésor inestimable où toute sa théorie doit être expliquée de A à Z.

Contrairement à mon attente, je ne fis pas rire et Mildred surgit à point donné pour dissiper une gêne subtile. En dépit des fards, elle avait le visage suffisamment marqué pour qu'on sut quel genre d'arguments employait le sémillant lieutenant Valdez. Avec Kay nous échangeâmes un coup d'œil effaré. Mrs. Valdez vint à moi et baissant les yeux, me chuchota :

— Je vous prie d'accepter mes excuses.

— Madame, c'est le privilège des jolies femmes d'avoir, parfois, des nerfs qui les trahissent.

Nous nous sommes séparés, enchantés les uns des autres, — sauf, peut-être Mildred — et je passai une de mes meilleures nuits depuis que j'étais à Santa Yuccata.

3

San Isidro ressemble à toutes ces petites villes américaines bâties pour les besoins élémentaires du gîte d'abord, de la nourriture ensuite. Pas la moindre trace pour la fantaisie, l'imprévu. Une rue principale, accompagnée sur sa droite et sur sa gauche par une rue parallèle, beaucoup moins importante, ces trois voies communiquant entre elles par de petites artères perpendiculaires. L'architecte qui a bâti San Isidro ne connaissait que le premier livre de la géométrie plane. Dans la grand-rue se trouvent tous les magasins et tous les bureaux. La gare est à la sortie de la ville en direction de Santa Yuccata et Albuquerque. L'école est située à l'autre extrémité, sur la route menant à Tucumcari et au Texas.

Je me suis vite rendu compte à quel point Kay était populaire dans son coin. A peine étions-nous descendus du bus que des gens la saluaient, l'arrêtaient pour lui demander des nouvelles de sa santé ou avoir des renseignements sur son séjour à Santa Yuccata. Des gosses lui couraient après pour lui dire bonjour.

— Je commence à être jaloux... Il est temps que je vous arrache à une ferveur qui pourrait vous monter à la tête ! Kay, pourquoi vous aiment-ils tellement ?

— Peut-être parce qu'ils savent que je les aime ?

Naturellement, notre première visite a été pour l'école. A la seule façon dont ma compagne regardait sa salle de classe, j'éprouvai une angoisse légère. Elle était faite pour ce métier. Se consolerait-elle de ne plus l'exercer ? Les enfants qu'elle instruisait, remplaçaient ceux qu'elle aurait pu avoir si son mari... A l'écouter me parler avec enthousiasme de ses tâches quotidiennes et de ses élèves les plus doués, je sentais qu'elle m'avait involontairement menti en faisant allusion à une solitude difficilement supportée. Sans doute, il devait lui arriver — la porte de sa classe refermée — de se sentir isolée, mais la correction des cahiers, la préparation des leçons avaient vite fait de remeubler son univers.

Kay a tenu à me montrer les pièces où elle vivait quand elle ne se trouvait pas devant le tableau noir. Sa chambre était celle d'une jeune fille dans une université quelconque. Le confort, mais un ameublement élémentaire. Au mur, la photo encadrée d'un officier.

— Votre mari ?

— Oui...

— Un beau garçon...

— Il était surtout très bon.

— Ce sera dur de vous le faire oublier, Kay... Peut-être trop dur...

Elle eut un sourire triste et me caressa la joue du bout des doigts.

— Je ne peux pas l'oublier, Tony... Mais au fur et à mesure que passe le temps, il est de moins en moins un époux dans ma mémoire, plutôt un frère cadet à qui les années conserveront cette jeunesse qui l'éloigne de plus en plus de moi sur le plan conjugal.

Kay et moi avons passé une journée merveilleuse et ce voyage nous a plus rapprochés que les explications détaillées que nous aurions pu tenter d'échanger.

Nous sommes entrés dans les magasins, nous nous sommes rendus à la poste et, au fur et à mesure que nous poursuivions notre pérégrination, j'avais l'impression que nous étions déjà mariés, que nous ne nous trouvions plus dans les rues de San Isidro, mais dans celles de Leesburg dont dépendait Yalaha. Mon existence future se projetait devant moi par le moyen d'une invisible caméra et j'étais content de mon sort.

Nous avons fait halte un moment au Jardin public où nous nous sommes assis sur un banc, face à un bassin où des poissons multicolores se faufilaient dans un lacis de plantes aquatiques. J'exposai à Kay la façon dont j'envisageais notre vie commune sur la rive du lac Harris. Je lui racontai ce que serait l'emploi du temps de mes journées et combien je me promettais d'aller le plus avant possible dans la connaissance de la nature au milieu de laquelle nous serions installés. Ma compagne m'approuvait. En bref, lorsque nous avons quitté San Isidro pour rentrer à Santa Yuccata, nous n'étions pas fiancés, Kay et moi, mais c'était tout comme.

*
* *

En arrivant à la maison de Fenkell Street, j'embrassai Doris avec une telle frénésie qu'elle dut s'arracher de mes bras et s'écria :

— Seigneur ! Qu'avez-vous donc à vous faire pardonner, Tony ?

— De vous enlever bientôt une amie.

Son visage devint grave et elle se tourna vers Kay.

— C'est vrai, chérie ?

— Presque...

Elle nous prit les mains.

— Vous ne pouvez deviner à quel point je suis heureuse... Et Frank, il sera aux anges... Nous souhaitions tellement vous voir reprendre goût à la vie Tony, et que vous vous évadiez de votre solitude, Kay... Quelle belle journée ! Il va falloir que Frank sorte son champagne !

— J'ai l'intention de partir pour Yalaha après demain matin. Il faut quand même que j'installe mon refuge. Si Kay accepte de m'y accompagner, il importe qu'elle n'ait pas une trop mauvaise impression. Pour l'heure et en attendant les festivités de la soirée je grimpe au cimetière dire adieu à mon ami Julius et le prier de me mettre son trésor de côté à moins qu'il ne change d'avis et ne me déshérite !

Nous étions si contents, les uns et les autres, que nous nous sentions disposés à rire de tout et de rien.

*
* *

Pour calmer ma nervosité (il ne fallait surtout pas que je tombe malade en ce moment !) je décidai de faire un bon morceau de chemin à pied, et sans me presser. Mon cœur avait eu assez d'émotion pour aujourd'hui. Il convenait de le ménager. Je suivis Fenkell Street, au-delà d'Adélaïde Square, jusqu'à Farmington Avenue que je remontai pour passer de l'autre côté du Jardin public. Quand j'atteignis Ayr Square au bout d'Huntington Street, j'étais fatigué et ne voulant pas forcer mon talent, je hélai un taxi qui m'emmena à la porte du cimetière.

A ma vue, la peu sympathique figure du gardien se renfrogna. Il grogna :

— Encore vous ?

— Vous avez, décidément, une façon bien à vous de recevoir vos visiteurs, non ?

— Moi, j'aime les choses naturelles et c'est pas naturel de rappliquer presque tous les jours pour prier sur une tombe où il y a pas de vos parents !

— Et en quoi cela vous regarde-t-il ?

— Je suis responsable...

— Ecoutez, mon vieux, ce que je vous demande, c'est simplement de me ficher la paix. Je ne pense pas causer de scandale dans ce cimetière, n'est-ce pas ? Alors, laissez-moi agir à mon idée.

Et sans plus me soucier de lui, je passai la porte, mais je m'arrêtai en l'ayant vu, du coin de l'œil, se précipiter vers son téléphone. De la façon dont j'étais placé, il ne pouvait me voir et j'entendis ce qu'il disait :

— Allô ? Ah ! c'est vous, Miss Sarah... Le patron est là ? Bon. Le type est revenu. Quoi ? Oh ! il a dû filer vers cette tombe... Moi, je tenais à prévenir le patron, hein ?... D'accord.

Je repartis alors qu'il raccrochait. Quelle mouche avait piqué cet imbécile ? Et pourquoi croyait-il nécessaire de prévenir une Miss Sarah de ma venue ? Qui était ce patron que ma présence au cimetière intéressait ? Voilà qu'au moment où je m'étais débarrassé de mes fantômes, on me replongeait dans je ne sais quelle embrouille à laquelle je ne comprenais rien. Ma bonne humeur dissipée comme par enchantement, je n'avais plus tellement envie d'aller saluer une dernière fois la tombe de Rowena et de serrer la main de Julius. Je crois que si la crainte de voir triompher le gardien ne m'avait retenu, je serais retourné sur mes pas afin de ne plus me laisser, sous n'importe quel prétexte, détourner de la voie que j'avais définitivement choisie. Kay... Yalaha. Le reste n'avait plus aucune importance.

Je restai longtemps devant la tombe de Rowena. Un besoin me poussait de lui expliquer les raisons de mon attitude et pourquoi je ne pouvais plus vivre en compagnie d'une morte. Persuadé qu'elle m'avait compris, je pris congé d'elle et de sa grand-mère en leur promettant de revenir les saluer chaque fois que je serais en visite à Santa Yuccata.

J'étais surpris de ne pas apercevoir la silhouette dégingandée de Julius. L'aurait-on mis à la porte, lui aussi ? Je partis à sa recherche et me dirigeai tout naturellement vers le coin abandonné et broussailleux. Je ne vis personne et j'étais sur le point de me retirer lorsqu'une anomalie attira mon attention, une anomalie dans le décor que je connaissais bien, mais je ne parvenais pas à comprendre ce que c'était. Et puis, subitement, j'ai réalisé que quelque chose n'était pas à sa place. Le tas de décombres sur lequel Julius et moi nous nous étions assis, avait été éparpillé. J'avançai de quelques pas pour mieux me rendre compte et découvris mon funambulesque ami.

Allongé sur le sol, mon philosophe, paraissait dormir paisiblement. Pourtant, il reposait parmi les ronces. L'idée m'effleura qu'ivre, il s'était laissé choir n'importe où. Ce ne fut qu'en me penchant vers lui que je compris que Julius avait enfin retrouvé celles dont il espérait tellement le retour. A la vérité, on l'avait envoyé rejoindre ses chères disparues, en l'étranglant. Le mouchoir transformé en lien et qui lui serrait le cou, le visage horriblement boursouflé témoignaient du meurtre. Stupide, horrifié, ayant perdu mes réflexes d'autrefois, je restai sur place, ne pouvant détacher mes yeux de cette pitoyable figure. Qui ? Qui avait pu commettre une action aussi lâche ?

— Vous n'auriez pas dû le tuer, Mr. Bellano...

CHAPITRE IV

J'avais entendu, mais j'avais dû mal comprendre. Un peu à la façon du boxeur qui vient de s'écrouler et qu'on relève. Il est trop « choqué » pour saisir le sens des questions qu'on lui pose, des encouragements qu'on lui adresse. C'est pourquoi je me suis retourné lentement. Le lieutenant Valdez, bien campé sur ses jambes légèrement écartées, me regardait, un sourire mauvais aux lèvres. Je demandai avec effort.

— Qu'est-ce que vous avez dit ?

— Que ce n'était pas une raison, parce qu'il était dingue pour l'étrangler.

Je ne parvenais pas à m'indigner ni à m'arracher à cette torpeur où la vue du cadavre de Julius m'avait plongé. Je murmurai sottement :

— J'aimais bien Julius...

L'officier de police ricana :

— Si vous l'aviez détesté qu'auriez-vous pu lui faire de plus ?

Peu à peu, je récupérais le contrôle de mes nerfs. Valdez poursuivait :

— Pourquoi l'avez-vous tué, ce pauvre bougre ? A cause de son fameux trésor qu'il ne voulait plus vous remettre ? A propos l'avez-vous trouvé ?

Je secouai la tête.

— Je viens d'arriver... Votre bonhomme de l'entrée a dû vous le préciser en vous téléphonant.

— Puis-je vous rappeler, Mr. Bellano, que vous n'appartenez plus au FBI et que, ainsi que n'importe quel autre citoyen des Etats-Unis vous tombez, le cas échéant, sous le coup de la loi ?

Tout commençait à s'éclaircir, pour moi.

— C'est donc pour ce qu'il possédait — et qui faisait peur à quelqu'un — qu'on l'a tué ?

— Vous devez le savoir mieux que personne.

— Vous mentez, Valdez, et vous le faites sciemment.

— Continuez sur ce ton, espèce de pauvre abruti et je vous colle mon poing dans la figure ! D'abord, levez les bras !

Je m'exécutai. Il me palpa du haut en bas. Je souris.

— Vous êtes vraiment un expert, lieutenant... J'ignore ce que vous cherchez, mais je puis vous assurer que je ne l'ai pas.

— Pour votre santé, ce serait préférable. Pouvez baisser les bras, et maintenant, écoutez-moi : parce que vous êtes l'ami de Frank et que je ne tiens pas, à cause des élections, à ce qu'on sache qu'il reçoit un assassin sous son toit, je vous conseille de foutre le camp de Santa Yuccata. Je vous donne jusqu'à après-demain matin pour débarrasser le plancher. Passé ce délai, je vous enferme sous l'inculpation de meurtre sur la personne de Julius Burney.

Je remarquai, mélancolique :

— Il aura donc fallu qu'il meure pour que j'apprenne son nom...

— Débarrassez le plancher, Tony Bellano... Allez préparer votre valise et prendre congé des Greenlaw... Ne revenez jamais à Santa Yuccata si vous souhaitez vieillir.

Je jetai un dernier regard sur le malheureux qui se voulait le berger des tombes et je m'en fus. En passant devant le gardien, celui-ci ricana :

— Vous auriez été mieux inspiré de m'écouter, hein ?

Je m'arrêtai et le fixant dans les yeux :

— C'est vous, n'est-ce pas ?

Je partis sans écouter les injures qu'il m'adressait.

Dans le taxi qui me ramenait au centre de la ville, je m'interrogeai sur les motifs profonds de ce meurtre ignoble perpétré sur la personne d'un pauvre type aussi désarmé qu'un enfant. Doucement, tranquillement, s'installait en moi la certitude que, désormais, j'avais un but dans la vie : faire asseoir sur la chaise électrique l'assassin de Julius. Je n'avais plus du tout l'intention de partir, malgré les menaces de Valdez. J'avais le sentiment que depuis ma venue dans cette ville, ils étaient nombreux à se moquer de moi, peut-être même Kay aussi. Elle était arrivée trop opportunément pour essayer de me détourner non pas du souvenir de Rowena (qui cela pouvait-il ennuyer que je soupire pour une disparue ?) mais de ce qu'il y avait sans doute eu autour de cette mort et que je pressentais être abominable. Quels rôles jouaient donc Frank et Doris dans cette saleté ?

Je me fis arrêter devant le *Silver Ring*. Appuyé au bar, je commandai du whisky. Tandis qu'il me servait, le patron murmura :

— Méfiez-vous... Y a un flic en civil qui n'a pas bougé d'ici. A mon idée, il est là pour moi et plus encore pour vous... Que se passe-t-il ?

— Contrôlez-vous...

— Allez-y.

— On a tué Julius.

— Bon Dieu... Qui ?

— Sans doute un homme de Valdez.

— Fumier ! Attention, voilà le flic. Rien à me dire d'autre ?

— Envoyez ma lettre.

— D'accord, mais ce whisky, je le vends depuis que j'ai repris ici et jamais on ne m'a fait de reproche.

— Monsieur n'apprécie pas votre alcool, John ?

Un homme grand, fort, la quarantaine, une belle figure de brute, était accoudé près de moi. Evidemment, on me cherchait une histoire qui aurait permis de m'embarquer tout de suite, pour aviser après, ce qu'on pourrait faire de moi. Je jouai les naïfs.

— Je viens d'éprouver une émotion violente et... je ne parviens pas à m'en remettre.

— Faut pas boire quand on est nerveux.

— C'est vrai... Je crois que je dois rentrer à la maison.

— C'est aussi mon avis.

Bien dans son rôle, le patron déclara :

— Un dollar cinquante, s'il vous plaît.

Je sortis et montai dans le premier taxi qui se montra en lui donnant l'adresse des Greenlaw. Le policier monta à ma suite dans la voiture en me confiant dans un sourire :

— Je veux être sûr qu'il ne vous arrivera rien en route.

En descendant du véhicule devant la maison de Frank, je dis doucement au policier :

— Quand vous reverrez votre patron, le lieutenant Valdez, apprenez-lui qu'il a été mal renseigné à mon sujet et que j'appartiens encore au FBI jusqu'à la fin de l'année, en attendant la liquidation de ma retraite.

L'autre fit une drôle de tête et je rentrai, un peu soulagé par ce mensonge auquel Valdez ne croirait que pendant quelques heures, quelques heures où il allait avoir des sueurs froides.

En entrant dans le living-room, Frank, Doris et Kay sagement assis autour d'une table basse occupée par un seau à champagne d'où émergeait le col doré d'une bouteille, m'attendaient. A leurs visages, je compris qu'ils n'étaient pas encore au courant et je me sentis soulagé de savoir qu'au moins pour le meurtre de Julius Frank était peut-être innocent. Tous, ils me regardaient et une flamme joyeuse dansait dans leurs yeux. Une seconde, je me crus revenu au bon vieux temps et que c'était Rowena qui avait pris place à côté de Doris. Nous nous apprêtions, ensemble, à aller nous promener. Mais cela, c'était le monde perdu... A mon tour, je les regardai en silence et un changement subtil d'atmosphère se produisit. Sans qu'un mot soit prononcé, nous étions, les uns et les autres, certains que nous ne boirions pas le champagne.

— Frank... Tu es au courant ?

— De quoi ?

— De la mort de Julius.

Il sursauta (et sa réaction m'enleva un poids qui m'étouffait) avant de s'écrier :

— Julius est mort ! Mais quand ? Où ?

— On l'a assassiné au cimetière.

La nouvelle parut l'assommer.

— On l'a...

— On l'a étranglé, Frank, avec son propre foulard...

— Mais ce n'est pas possible ! Personne n'aurait osé faire une chose pareille !

— Faut croire que si !

— C'est effrayant... Tuer ce malheureux... A-t-on une idée ?

— J'ai plus qu'une idée, Frank. Je sais qui a assassiné mon ami Julius.

— Comment peux-tu... et qui, d'après toi ?

— Valdez, sans doute.

Frank se leva d'un bond.

— Tu es fou ou quoi ?

— Valdez ou un homme qui a agi sur son ordre.

— De la démence ! C'est de la démence ! Pourquoi Valdez aurait-il tué ou fait tuer ce pauvre maboul ?

Doris, à son tour, s'exclama :

— Vous n'aimez pas Valdez, Tony, et vous êtes prêt à le rendre responsable de tout !

— Je ne l'aime pas plus que sa femme ne vous aime !

— Qu'est-ce que vous me chantez là ?

Presque timidement, Frank remarqua :

— Tu vas finir par dévider des sottises, Tony.

— Et si l'on arrêtait de jouer ?

Ils se turent et, maté, Greenlaw reprit sa place auprès de Doris.

— Je vais vous raconter exactement ce qu'il s'est passé.

Et je leur dis tout, mon voyage avec Kay, ma résolution de partir pour Yalaha, mon désir d'aller prendre congé de Julius, la mauvaise humeur du gardien du cimetière qui fait mille difficultés pour me laisser entrer, le coup de téléphone qu'il donne derrière mon dos à une Miss Sarah pour alerter son patron, ma découverte du cadavre et, l'arrivée de Valdez m'accusant d'être le meurtrier et me conseillant de quitter Santa Yuccata au plus vite si je ne tenais pas à passer devant le Grand Jury. Ma visite rapide au *Silver Ring,* le policier qui, sans m'en demander la permission m'a raccompagné jusqu'ici. Ayant terminé, je m'enquis :

— Vous ne pensez pas qu'il y a de quoi être excédé ?

Frank s'inquiéta :

— Tu es certain de ne pas dramatiser un peu ?

— Va prendre l'avis de Julius !

Doris s'étonna :

— Enfin, Tony, en admettant que ce que vous nous avez rapporté soit vrai dans le moindre détail, il faudrait trouver une explication à cette fantasmagorie ? Pour moi, j'avoue ne pas en avoir, et toi, Frankie ?

— Moi, non plus.

Je ne répondis pas immédiatement pour ne pas me laisser aller à ma colère. Quand je le fis, ce fut avec un calme qui me surprit moi-même.

— Frank, ça ne te choque pas que ton plus vieil ami soit accusé d'assassinat par un voyou mexicain que tu as tiré des bas-fonds de Santa Yuccata ?

— Je ne te permets pas de parler ainsi de mon adjoint ! C'est un garçon qui...

Doucement, je dis :

— Ne crois-tu pas que Doris serait mieux placée que toi pour m'énumérer ses qualités ?

Il devint blême, tandis que Doris rougissante poussait un petit cri de stupéfaction.

— Pourquoi parles-tu de Doris ?

— Tu tiens à ce que je le précise ?

Vaincu, il baissa la tête.

— Non.

Haineuse, Doris me lança :

— Vous n'avez pas pu vous empêcher de jouer au flic, hein ?

Sans qu'on lui prêtât grande attention, Kay se leva et monta dans sa chambre. Je la comprenais. Elle n'avait pas sa place dans notre débat sordide.

— C'est vous, Doris, et toi, Frank, qui m'avez obligé à agir de la sorte, en me mentant depuis mon arrivée...

D'un ton presque suppliant, Greenlaw protesta :

— Je ne comprends pas tes insinuations !

— Mon pauvre Frank... Mais qu'est-ce qu'ils t'ont fait pour que tu sois devenu une pareille épave ? A quoi rimait le numéro que tu m'as joué ? A peine suis-je descendu d'avion que tu me parles de n'importe quoi sauf de Rowena pour laquelle d'abord, je suis venu à Santa Yuccata. Quand tu m'apprends sa mort, tu te reconnais incapable de me fournir le moindre détail sur la maladie qui l'a emportée... Tu l'avais perdue de vue, mais cela ne t'empêche pas de fleurir sa tombe car c'est toi, n'est-ce pas ?

— En souvenir d'autrefois.

Hors d'elle, Doris crache :

— Imbécile !

Je me tourne vers elle.

— C'était donc cela, vous n'aimiez pas Rowena ?

— Je la détestais !

— Pour quelles raisons ?

— Parce qu'après que vous l'ayez plaquée, elle a essayé de me voler mon mari, cette garce !

— Quelle importance pour vous, ma chère, puisque Valdez était déjà là ?

Elle hurla :

— Frank ! Tu vas lui permettre de continuer à m'insulter ?

Il haussa les épaules et d'un ton infiniment las :

— Tu sais bien que c'est la vérité, Doris, alors... Tony, je ne voulais pas que tu apprennes ce qu'il en était entre ma femme et moi... Je souhaitais que tu restes sur tes illusions d'autrefois... Tu te plaignais dans ta lettre et pourtant, j'aurais voulu — comme jadis — être à ta place. Il était écrit, sans doute, que je ne cesserais jamais de te jalouser... Tu gagnais Yalaha, tu refermais la porte sur le monde des hommes, ce monde sale et pourri, et tu vivais avec tes souvenirs d'amour et d'amitié que rien ne serait venu ternir... Au lieu de cela, tu t'es pris pour un policier en mission... Tu as tort, Tony, et pour toi et pour nous.

— Il ne fallait pas me mentir ! Avec ta femme, vous me racontez que vous tremblez pour vos places lors des prochaines élections parce que tu es un prévaricateur, Frank. Or, tous les gens avec qui je bavarde sont unanimes à me confier que l'équipe régnant à la mairie avec l'aide de la police ne vaut pas pipette, sauf un, toi, qui jouis de l'estime générale au point qu'on votera pour la liste où on mettra ton nom, quelle qu'elle soit. Par contre, Valdez aussi fait l'unanimité, mais dans l'autre sens, et on ne comprend pas à propos de quoi il te fait chanter. Cela intrigue beaucoup, beaucoup de monde. C'est parce qu'il est l'amant de Doris ?

J'entends Mrs Greenlaw murmurer « Salaud ». Son mari me demande :

— Ne parle pas de cette histoire, Tony... au nom de ce qui nous a unis, il y a longtemps... très longtemps maintenant...

— Si tu étais resté mon ami, Frank, tu n'aurais pas eu honte de t'ouvrir à moi de ton malheur.

— Je n'en ai pas eu le courage.

— Je voudrais te croire, mais hélas... En tout cas, ton aveu n'explique pas le meurtre de Julius.

— Je n'en vois pas plus la raison que toi.

— Tu recommences à mentir, Frank. Tu n'ignores pas que c'est Valdez qui a fait assassiner ce malheureux... J'admets assez volontiers que tu n'y sois pour rien car il m'apparaît de plus en plus clairement que si tu portes les galons, c'est le Mexicain qui commande. Frank il fallait que Julius veuille me confier — pourquoi à moi ? — quelque chose d'important pour que tes amis aient préféré l'assassiner plutôt que de courir le risque de le voir me parler.

— Tu vas... tu fabules... tu racontes n'importe quoi...

— Tu me fais pitié, Frank... Je n'ai pas le cœur d'insister, ce soir... Je quitterai ta maison, demain, et irai m'installer à l'hôtel jusqu'à ce que tu te sois décidé à me dire la vérité.

Je les abandonnai sans leur souhaiter le bonsoir, c'eût été cruel.

⁂

Je n'ai guère fermé l'œil de la nuit et je pense que, dans la maison, personne ne dormit beaucoup. Repassant au crible de la raison tous les événements qui s'étaient déroulés autour de moi depuis que l'avion me transportant avait atterri à Santa Yuccata, je commençais à regretter cet élan romantique qui m'avait poussé à la recherche de Rowena. Frank parlait avec bon sens lorsqu'il me déclarait que ma venue avait tout démoli et qu'en pataugeant dans la boue, j'avais peut-être et à jamais, troublé l'eau de la mare où les Greenlaw s'efforçaient de vivre. En combattant Frank et Doris, c'était mon propre passé que j'attaquais. Pourtant, je ne pouvais pas laisser le meurtre de Julius impuni, je ne pouvais pas me désintéresser de ce qu'il voulait me confier au sujet... de quoi ? Je tournai et retournai dans ma tête ces questions et je finis par convenir qu'il ne pouvait être question que de quelque chose s'étant passé dans le domaine qu'il considérait comme le sien : le cimetière. Or, qu'aurait-il pu me dire à propos du cimetière et qui ait eu une chance de m'intéresser s'il ne s'était agi de la tombe de Rowena et de sa grand-mère ? Je n'arrivais pas à deviner ce qu'il aurait pu m'apprendre. Je repensai, brusquement au geste de Frank, fleurissant la terre où dormait ma petite amie d'un autre temps et j'en fus ému. Un pauvre type, ce Frank... Avait-il été amoureux de Rowena ? Avait-il trop pris au sérieux son rôle de consolateur et, par représailles, Doris s'était-elle jetée dans les bras du premier bellâtre venu, en l'occurrence Valdez ? Cette idée-là aussi me faisait mal.

Je ne cessais de me reporter, par la pensée, aux belles heures vécues douze années plus tôt dans Santa Yuccata et que ma condition présente m'inclinait à trouver plus belles encore qu'elles ne le furent, sans doute. Nous rêvions ensemble d'existences hors du commun. Le banal, le quotidien ne pouvaient être notre lot. Et douze ans plus tard, Rowena était morte, Doris trompait son mari avec une canaille, Frank n'était plus rien et moi, je n'étais pas beaucoup plus. De quoi pleurer, non ?

C'est en souriant à des images à demi effacées que je m'endormis.

⁂

En me levant, j'appréhendais le moment de rencontrer Kay et plus encore Doris. Je fis traîner ma toilette en longueur, mis un temps infini à boucler ma valise. Je descendis et ne vis personne. Je laissai un mot pour préciser que je reviendrais chercher mon bagage sitôt que j'aurais trouvé un gîte. Au moment où je prenais mon chapeau, je trouvai un billet glissé dans la coiffe. Il était de Kay.

« Tony. J'ai cru comprendre dans ce déballage de linge sale commencé, hier soir, en ma présence, que vous étiez un peu perdu dans une histoire très laide et qu'on s'était ingénié à vous mentir. Je voudrais vous persuader que je n'ai pas le plus petit rôle dans cette affaire, ou alors, à mon insu. Je retourne à San Isidro. Si vous avez envie de reprendre la conversation que nous avions entamée dans ma petite ville, venez m'y rejoindre. Je vous y attendrai tout le temps qu'il faudra. Kay. »

Avec tous leurs mensonges, les uns et les autres m'avaient sali l'esprit et maintenant, j'avais beaucoup de mal à croire en la sincérité de celle-ci ou de celle-là. Pourtant, Kay... En somme, je me montrais aussi malhonnête envers elle que les Greenlaw s'étaient montrés malhonnêtes envers moi. Décidément, j'étais mal inspiré de vouloir jouer les redresseurs de torts. J'éprouvais plus que de la sympathie pour Kay. De son côté, se tenaient le calme, le bonheur paisible et quotidien. La sagesse ne me commandait-elle pas de la retrouver au plus vite et de l'emmener avec moi à Yalaha ?

Si Rowena avait vécu... mais Rowena était morte. Pourquoi sacrifier une vivante prête à m'aimer à une disparue dont je ne pouvais que me souvenir ? J'hésitai. Monterais-je dans le bus pour San Isidro ou me livrerais-je à la démarche dont j'avais idée ? Je n'étais, sans doute, pas à la retraite depuis assez longtemps pour avoir perdu le goût du métier. Et puis, il me semblait que j'entendais le pauvre Julius me chuchoter à l'oreille :

— Tu ne vas pas me laisser tomber, hein ? Je n'ai que toi...

Je partis d'un bond en direction de la mairie.

***

Parce que je ne pouvais me défaire d'un coup d'une affection si ancienne et qui longtemps — exactement avant ma rencontre avec Rowena — avait été mon seul refuge, je commençai par demander à parler à Frank. Le planton qui m'accueillit me pria de patienter un instant. Quand il revint, ce fut pour m'annoncer que le capitaine avait des rendez-vous toute la journée et qu'il regrettait de ne pas pouvoir me recevoir. Ainsi, Frank prenait ses distances vis-à-vis de moi. Peut-être n'était-il pas encore mon ennemi, mais je devinais que cela ne saurait tarder. Doris se révélait beaucoup plus forte que moi et j'imaginai que Valdez, sûrement renseigné sur ce que je pensais de lui, devait attendre avec impatience le moment de me remercier à sa façon de l'intérêt que je lui portais. La prudence me conseilla de me tenir à l'écart, mais durant les années passées au FBI, j'en avais connu quelques-uns de ces flics pourris de province et je les avais matés. Je n'arrivais pas à comprendre, à admettre, à accepter l'idée que je n'appartenais plus au FBI, que j'étais désormais un simple citoyen comme n'importe quel Smith, Johnson ou Brown et que je ne représentais plus un danger pour les policiers véreux.

En sortant du bureau de police, je me rendis à la mairie et, consultant les indications affichées au rez-de-chaussée, je sus que le service du cimetière se trouvait au deuxième étage. J'y montai. Je poussai une porte sur laquelle un écriteau vous conseillait d'entrer sans frapper. Je me trouvais dans une pièce aux murs tapissés d'étagères supportant une infinité de classeurs. Une créature incolore, au cheveu jaunâtre, le nez chevauché par d'énormes lunettes, cachée jusqu'au menton derrière une barrière de chêne verni où le client devait s'appuyer des deux coudes pour pouvoir lui répondre, me regardait. Elle s'enquit d'une voix qui me la fit immédiatement ranger parmi le sexe faible :

— Vous désirez ?

— C'est au sujet d'une tombe.

— Etes-vous de Santa Yuccata ?

— Non, pourquoi ?

— Le défunt auquel vous vous intéressez est-il de Santa Yuccata ?

— Je ne sais pas.

Aigre, elle me répliqua :

— Il faudrait pourtant le savoir !

— Cela a vraiment de l'importance ?

Elle fixa sur moi, à travers ses hublots, des prunelles délavées.

— Nous n'enterrons dans notre cimetière que des gens de Santa Yuccata et des environs. Cette personne est-elle décédée ici ?

— Je l'ignore.

— Comment ça, vous l'ignorez ?

— Vous savez, il y a douze ans que...

— Douze ans !

— Si vous m'aviez permis de m'expliquer, Miss, je vous aurais confié que je ne venais pas vous voir pour acheter une concession, mais pour procéder à l'ouverture d'une tombe.

— A l'ouverture...

On eût dit que je l'avais mise knock-out d'un coup de poing au menton.

— J'aimerais me rendre compte de quelque chose.

— Simplement ?

— Simplement.

— Un parent, sans doute ?

— Non, une amie.

— Et vous vous imaginez que n'importe qui peut se permettre de déranger nos morts uniquement parce que la fantaisie leur en prend ?

Je convenais en moi même que je devais passer pour un idiot aux yeux de cette pimbêche, mais je ne pouvais lui apprendre que je désirais seulement susciter quelques remous pour tenter de deviner la raison de la mort de Julius. Ironique, autant que méprisante, elle persifla :

— Et de qui donc auriez-vous l'intention de troubler le repos, Mr... Mr... ?

— Bellano... Tony Bellano.

Son visage changea de couleur. Elle était donc de mèche avec les autres...

— Miss Rowena Blackwood...

Elle balbutia :

— Miss Ro... Rowena... Black... Blackwood...

— Exactement, Miss Sarah.

Je constatai qu'elle déglutissait avec difficulté.

— Vous... vous me connaissez ?

— J'étais là quand le gardien du cimetière vous a demandé de prévenir votre patron de ma présence.

Elle rougit jusqu'à la racine des cheveux. J'ajoutai :

— Ne pensez-vous pas que le plus simple serait d'annoncer ma visite ?

Sans répondre, elle appuya sur l'interphone dont jaillit une sorte de grognement interrogateur.

— Mr. Bellano... Mr. Tony Bellano est là... Il souhaiterait ouvrir une tombe... celle que... d'accord.

Elle raccrocha sans me regarder :

— Vous sortez et c'est la porte juste en face de celle-ci. Le Directeur vous attend.

Arrivé sur le seuil, je me retournai et, dans un sourire :

— Bye, bye Sarah !

Je m'interrogeai sur la personne que j'allais trouver derrière la porte directoriale. Celle-ci ouverte, une voix chaude et cordiale m'accueillit :

— Entrez, entrez cher Mr. Bellano...

Il s'agissait du très honorable adjoint au maire, Burt Winchendon.

— Asseyez-vous, cher Mr. Bellano... Alors, que puis-je pour vous ?

— M'apprendre pour quelle raison, le gardien du cimetière doit vous avertir sitôt que je me rends dans son domaine... ?

Il eut un sourire patelin.

— Vous me gênez beaucoup, Mr. Bellano, mais je crois que le mieux est de vous parler franchement... J'ai su, par nos amis Greenlaw, que depuis votre retour parmi nous, votre comportement était... comment dirais-je... enfin, mettons qu'il n'était pas celui qu'on était en droit d'attendre d'un fonctionnaire du FBI. Le gardien du cimetière, lui aussi, m'a fait part de ses inquiétudes quant à vos gestes lorsque vous vous rendiez au cimetière... vos relations subites et tout de suite fraternelles avec notre Julius... vous conviendrez, Mr Bellano, que tout cela méritait d'être surveillé de près, non ?

— Cela expliquerait-il aussi l'assassinat de Julius ?

— Si j'étais vous, Mr. Bellano, voilà un sujet que je n'aborderais pas.

— Vraiment ?

— Vraiment.

— Puis-je vous prier de me confier pourquoi ?

— Hélas ! parce que vous êtes le suspect N° 1 dans cette lamentable histoire.

— D'après ce que raconte le lieutenant Valdez ?

— D'après ce qu'affirme le lieutenant Valdez. Quelque chose d'autre ?

— Oui. Je souhaiterais faire ouvrir la tombe de Rowena Blackwood.

— A quel titre ?

— Pardon ?

— Je répète : à quel titre ? Vous n'êtes pas parent de la défunte que je sache et je n'ai pas été informé qu'une enquête policière officielle ait exigé l'exhumation de Miss Blackwood...

— Le contraire m'étonnerait.

— Moi aussi.

Très décontracté, Winchendon paraissait sûr de lui. C'est alors que j'eus la soudaine conviction qu'il était le chef de la mafia qui dirigeait la ville.

— Plus rien à nous dire, Mr. Bellano ?

— Peu de choses.

— Je vous écoute.

— Vous mentez, Mr. Winchendon.

Il ne changea absolument pas de visage. Il se contenta de caresser le menton en murmurant : « Intéressant... »

— ... vous mentez, comme mentent Valdez, Frank et sa femme...

— A quel sujet, Mr. Bellano ?

— Vous n'ignorez pas que c'est Valdez qui a fait tuer Julius.

— Une bien grave accusation, ne pensez-vous pas ?

— Je la maintiens et la prouverai !

— Si on vous en laisse le temps !

Son sourire commençait à m'exaspérer.

— Une menace ?

— Un avertissement, tout au plus.

— Dois-je supposer que, le cas échéant, Valdez se chargerait de moi de la façon dont il s'est chargé de Julius ?

Winchendon se leva.

— Vous m'ennuyez, Mr. Bellano... Restons-en là, s'il vous plaît. J'ai du travail. Vous devriez suivre les conseils qu'on vous donne et quitter notre ville.

— Pas avant de savoir pour quelles raisons on a étranglé mon ami Julius.

— Alors, vous ne vous plaindrez pas de ce qui pourra vous arriver.

⁂

En redescendant l'escalier, je ne nourrissais plus aucune illusion. Ils étaient tous d'accord pour m'obliger à décamper. Je ne pouvais, cependant, pas m'en aller, sinon, jusqu'à la fin de mes jours je me poserais des questions auxquelles je serais incapable de répondre. Il fallait que je sache. Je retournai à la Police et l'absence miraculeuse du planton me permit d'entrer d'un élan dans le bureau de Frank. Greenlaw était seul. A ma vue, il ne parut pas enchanté.

— Je t'ai fait dire que j'étais occupé.

— Et je constate que ce n'est pas vrai.

— Laisse-moi tranquille !

— Quand tu m'auras expliqué !

— Mais enfin, Tony...

Je m'assis en face de lui et tentant de recréer l'atmosphère d'autrefois, je lui parlai doucement.

— Jadis, Frank, tu ne m'aurais pas tenu à l'écart de tes soucis, de tes peines...

— Ce temps est passé.

— Pourquoi te méfies-tu de moi ?

— Pas de toi, spécialement.

— Pour quelles raisons supportes-tu que Doris te trompe aussi cyniquement ?

Il eut un haussement d'épaules fatigué.

— Tu ne pourrais pas comprendre... Personne ne pourrait comprendre.

— Quand je pense à ce que tu étais...

— Tais-toi !

— Frank... tu sais, n'est-ce pas, que je n'ai pas tué Julius ?

— Bien sûr que je le sais !

— Alors, pourquoi laisses-tu Valdez et Winchendon essayer de me coller ce meurtre sur le dos ?

— Je ne peux rien.

— Tu crois qu'il m'est possible de me satisfaire de cette réponse ?

— Non. Pourtant, c'est la seule que je te ferai.

J'abandonnai mon siège.

— Qui eût dit qu'un jour nous nous trouverions dans des camps opposés, Frank.

— Tony, je t'en supplie... Va-t'en ! Quitte Santa Yuccata pendant que tu en as encore la permission... Vois-tu, je ne voulais pas que tu viennes, parce que je ne souhaitais pas que tu sois mis au courant de ma déchéance... J'aurais tant désiré que tu puisses garder de moi l'image claire de notre commune jeunesse. Ah ! quel malheur que tu aies eu l'idée de revenir ici...

J'étais ému. J'allai à lui et lui posant la main sur l'épaule, je lui dis à voix basse :

— Frank, oublie les années écoulées, les saletés de ton existence actuelle. Essaie de redevenir, ne serait-ce qu'un instant, celui que tu étais avant... Tu n'as pas le droit de couvrir le meurtrier de Julius... Frank, dis-moi, à propos de quoi Valdez te fait-il chanter ?

— Quelle importance, maintenant ? Tony, j'ai tout perdu à part le poste que j'occupe actuellement et qui nous fait vivre, Doris et moi... Tu saisis ce que cela signifie ? Privés de cette situation, nous nous retrouverions à la rue. Une éventualité que je ne puis envisager, à cause d'elle surtout...

— Mais d'elle, bon sang, ne t'en soucie pas puisqu'elle ne se soucie pas de toi !

— Qu'en sais-tu ? Ne juge pas trop vite et trop durement, Tony. Le monde des honnêtes gens est beaucoup plus compliqué, plus difficile à comprendre que celui des truands auquel tu as toujours eu à faire... Ta présence à Santa Yuccata peut, d'un instant à l'autre, déclencher un scandale... Un scandale auquel je ne survivrais pas.

— Je m'en irai dès que tu m'auras appris qui a tué Julius et pourquoi.

Il soupira :

— Tu n'es plus mon ami, Tony, puisque tu me sacrifies à ta curiosité.

Je n'eus pas le temps de répondre. Valdez entrait dans la pièce, ironique, sournois.

— Alors, les deux vieux amis évoquent encore le passé ?

Il n'attendit pas que l'un d'entre nous lui répliquât et se tourna vers moi.

— Mr. Bellano, au cimetière, je vous ai conseillé de partir au plus tard demain matin, étant entendu que d'ici-là, vous resteriez tranquille. Or, depuis notre rencontre, vous avez fait une scène violente aux Greenlaw et vous venez de tenir des propos inadmissibles à Winchendon. Vous tirez trop sur la corde, Mr. Bellano... Elle risque de rompre.

— Et vous me tuerez comme vous avez tué Julius, espèce de métèque ?

Il me frappa si soudainement que je n'eus pas le temps d'esquisser la moindre défense et je roulai au sol, durementt touché à la face. J'entendis Frank crier :

— Valdez !

— Je ne vais quand même pas me laisser insulter par cette épave !

Je me relevai péniblement.

— Lieutenant... Vous vous êtes livré à des voies de

fait sur la personne d'un citoyen des Etats-Unis... Je vais vous faire un procès.

Il se mit à rire.

— Et avec quelle preuve, Mr. Bellano ?

— Frank témoignera !

— Ça m'étonnerait.

Ce type m'exaspérait. Je m'adressai à Greenlaw.

— Frank, tu as vu ce...

— Non, Tony, je n'ai rien vu.

Je restai quelques secondes muet de surprise.

— Ainsi, tu en es là, mon pauvre Frank... Eh bien ! puisque tu as choisi de te ranger auprès de la canaille, je ne peux plus rien pour toi. Adieu !

Je me dirigeai vers la porte, mais le lieutenant m'arrêta au passage.

— Tony Bellano, faites bien attention à ce que je vous dis. Vous partez ce soir. Je vous avais accordé une permission jusqu'à demain matin, je la retire. C'est ce soir que vous devez filer. N'essayez pas de chercher une chambre dans un hôtel. J'ai donné des consignes : personne ne vous recevra. Si avant de monter dans le train, vous vous permettez encore le moindre scandale, je vous enferme et je vous jure que là où je vous bouclerai, vous n'aurez pas beaucoup d'occasion de communiquer avec l'extérieur ! Vous m'avez fait dire que vous apparteniez au FBI jusqu'à la fin de l'année. J'ai téléphoné à Washington. Vous avez voulu me bluffer, Bellano. Vous n'êtes plus au FBI. Vous êtes un type ordinaire et vous m'ennuyez. Persuadez-vous que je ne souhaite qu'une chose : que vous me fournissiez l'occasion de vous démolir !

— Comme Julius ?

— Comme Julius.

Son cynisme joint à la complicité muette de Frank

m'épouvantait. Je comprenais qu'en effet, il était prêt à m'abattre. Ce fut plus fort que moi et je ne pus que dire :

— Mais pourquoi ? pourquoi ?

Toujours souriant, Valdez me fixa et répondit calmement :

— Pour le plaisir, Mr. Bellano.

***

J'avoue que j'étais complètement désemparé en sortant de chez les policiers. La haine de Valdez autant que l'incroyable passivité de Frank, m'ôtaient tous mes moyens. Je n'arrivais pas à comprendre que Greenlaw, mon vieil ami, ait pu m'entendre menacer de mort sans intervenir. Il acceptait mon hypothétique assassinat. Il se voulait complice de mon meurtrier. Sans doute, les années passées au FBI, les missions remplies ou manquées m'avaient endurci en me mettant à même de voir l'homme dans ce qu'il a de moins beau, mais j'ai toujours rencontré dans le monde des hors-la-loi, une fidélité à l'amitié, un respect de la parole donnée qui sont — si je puis dire — les lettres de noblesse de ces réprouvés. Une attitude semblable à celle adoptée par Frank eût été impensable dans la pègre. Mais je n'étais pas assez diminué physiquement pour renoncer à me battre et suffisamment désespéré pour ne plus craindre de mourir. Les chefs de la police de Santa Yuccata n'en avaient pas fini avec moi.

Pour essayer de remettre de l'ordre dans mes idées, je partis m'offrir un verre chez mon ami du *Silver Ring*. Il m'accueillit avec la compréhension qu'il m'avait témoignée dès notre première rencontre. Je m'installai à ma petite table invisible de la première salle. En m'apportant la consommation réclamée, il me demanda :

— Quoi de nouveau ?

— Valdez m'a pratiquement avoué avoir tué Julius.

— L'ignoble salaud !

— Naturellement, je n'ai pas de témoin et maintenant le lieutenant ne songe plus qu'à une chose : me retirer du circuit. Je ne pense pas qu'il ose m'abattre. Il m'a promis de me boucler dans un endroit où je serai complètement retranché du monde extérieur.

— Un endroit...

Soudain, son visage s'illumina.

— Ça y est ! j'y suis ! l'asile psychiatrique privé dirigé par le Dr. Samuel Brentfield !

— Quel genre, ce type ?

— Un drogué. Son établissement lui permet d'entretenir son vice. La police est au courant. En échange de son silence, elle peut tout exiger du docteur y compris d'enfermer un bonhomme aussi sain d'esprit que vous et moi.

— Je vois. Merci du renseignement, ami. Si jamais vous ne me voyez plus et que mes copains viennent vous rendre visite, vous saurez où les diriger ?

— Comptez sur moi et ne vous en faites pas !

Heureusement qu'il y avait encore des gars comme ce tenancier de bar pour m'empêcher de désespérer complètement des hommes !

Après mûre réflexion et une bonne promenade à travers la ville, je décidai de me rendre à Puerto de Luna où habitaient jadis Rowena et sa grand-mère. J'y avais été plusieurs fois. Je reconnaîtrais la maison et j'interrogerais les voisins qui avaient vécu près des deux femmes. La petite cité n'était qu'à dix miles de Santa Yuccata. Je gagnai la station de taxi, mais au moment où je posais la main sur la poignée de la portière, une autre main recouvrit la mienne. Une grosse main rouge aux poils roux. Je me retournai et reconnus le policier qui m'avait accompagné de force chez les Grennlaw. Lui aussi, souriait.

— Mr. Bellano, ce n'est pas gentil de vouloir me fausser compagnie.

— Je n'ai pas besoin de vous !

— Vous vous le figurez... Dans l'état de santé où vous êtes, une crise peut vous terrasser d'un instant à l'autre, c'est pourquoi, ne tenant pas à ce que vous déclenchiez un scandale sur la voie publique, je suis chargé de vous surveiller pour vous porter secours, le cas échéant, dans le premier instant. Votre ange gardien, en quelque sorte.

Le chauffeur, visiblement inquiet, s'enquit :

— Qu'est-ce qu'il a, ce type ?

Discrètement — pas assez cependant pour que je ne le vis point — il se toucha le front de l'index. L'autre déclara :

— Si ça ne vous fait rien, pourriez pas prendre la voiture d'un copain ? Je me rappelle que j'ai un rendez-vous et je risque de ne pas être rentré à temps.

— Imbécile...

L'autre fit mine de sortir de sa voiture.

— Non, mais des fois, ça vous ennuierait d'être poli ? Vous voulez que je vous l'apprenne, la politesse ?

Mon « ange gardien » intervint.

— Ça va, laisse tomber, mon vieux. Ce gentleman est malade...

— Pas une raison pour qu'il m'insulte, crénom !

— Eh si ! justement, c'est une raison et même la seule.

Le chauffeur plissa le front et fronça le sourcil dans un intense effort de réflexion, puis son visage se détendit.

— D'accord... mais des types comme ça, on ne devrait pas les laisser en liberté.

Je fermai les yeux et serrai les poings pour me dominer. Je comprenais la manœuvre. Mon flic cherchait l'esclandre et le chauffeur aurait témoigné contre moi. C'était l'occasion que souhaitait Valdez pour me déclarer digne de la camisole de force. Il importait que j'épie chacun de mes gestes, que je veille à chacune de mes paroles. Dissimuler.

Le policier me demanda, doucereux.

— Vous vous sentez bien ?

— Très bien.

— Tant mieux. Je ne voudrais pas que vous ayez des ennuis, je vous raccompagne chez le capitaine. On y va à pied ?

— D'accord.

Et nous voilà partis, côte à côte. Je me méfiais car je me doutais que le type était capable de tout. De me pousser sous les roues d'une voiture par exemple, en déclarant que j'avais tenté de me suicider. Je marchais le long des maisons et, au carrefour, je prenais soin de regarder à droite et à gauche, longuement avant de m'engager sur la chaussée. Je ne tenais pas à lui faciliter le travail. Un peu avant d'arriver chez les Greenlaw, il se mit à ma hauteur.

— Vous avez l'intention de ressortir ?

— Après déjeuner, peut-être.

— Ça me paraît raisonnable. Je vous attendrai.

— Comment vous nommez-vous ?

— Pourquoi ?

— Dame ! mon ange gardien...

Il s'esclaffa.

— Un rigolo, hein ? Nathaniel Durham.

— Eh bien ! Si en ressortant, tout à l'heure, je ne vous vois pas, je vous appellerai. Bon appétit.

Je le laissai là et j'eus le sentiment qu'il commençait à s'interroger pour savoir si je n'étais pas un peu fou, par hasard.

Que Durham m'ait raccompagné chez Frank n'arrangeait pas mes affaires. Je ne tenais pas à rencontrer l'un de mes hôtes. Nous nous étions dit tout ce que nous avions à nous dire. Nous ne pouvions plus que nous injurier, ce qui me semblait parfaitement inutile. Nathaniel me surveillait et il me fallait, que cela me plaise ou non, rentrer dans la maison. Je poussai la porte avec l'intention de prendre ma valise et de la porter en consigne. Je demanderais à mon ami du *Silver Ring* de m'abriter pour la nuit. Il trouverait sûrement un moyen. Mais la chance n'était pas avec moi. En entrant, je me heurtai presqu'à Doris. Elle me lança :

— Je pensais que vous auriez eu la pudeur de quitter notre toit !

— Votre ami, Valdez, m'a interdit tous les hôtels de Santa Yuccata et il a attaché un de ses hommes à mes pas. Rassurez-vous, cependant. Je prends ma valise et je pars.

— Pour où ?

— Je ne sais pas. Il y a un instant le flic qui ne me quitte pas m'a empêché de monter dans un taxi pour gagner Puerto de Luna.

— Qu'auriez-vous fait à Puerto de Luna ?

— Revoir où vivait Rowena.

Elle haussa les épaules, et murmura :

— Pauvre niais...

— On est toujours pris pour un niais quand on cherche la vérité, et par ceux qui ont intérêt à la cacher !

Elle s'approcha de moi.

— Vous êtes devenu une brute durant votre séjour au FBI et vous n'êtes plus capable de comprendre quoi que ce soit !

— Comprendre ! Vous en avez de bonnes ! C'est justement ce que votre mari et ses complices m'interdisent.

— Pour votre tranquillité, espèce de crétin ! Ah ! et puis, j'en ai assez ! J'ai juré de ne pas parler, mais je suis fatiguée de vous voir jouer les redresseurs de tort alors que Frank se tait pour ne pas vous briser le cœur ! Jamais, vous n'entendez, jamais un homme n'aura donné une pareille preuve d'amitié à un autre, un autre qui ne méritait pas qu'on se sacrifie pour lui !

Je n'y étais plus.

— Votre Rowena, ce n'était pas quelque chose de propre !

— Je vous interdis de...

— Je me fiche de votre interdiction ! Vous êtes venu flanquer tout en l'air alors qu'on ne vous demandait rien ! Et pour une petite garce à qui n'importe quel homme était bon pourvu qu'il la sorte de sa médiocrité !

— Vous mentez, Doris...

— C'est vous qui vous mentez à vous-même ! La vérité qu'on vous cache, vous vous obstinez à la découvrir. Eh bien ! je vous aiderai, moi ! Ainsi, j'espère qu'on sera débarrassé et de vous et d'elle ! Cette vérité que nul n'a osé vous confier... cette vérité que le pauvre Julius souhaitait vous apprendre, c'est moi qui vous la dirai !

— Assez ignoble, ce que vous essayez de faire, non ?

— Les hommes ! Vous vous ressemblez tous ! Impitoyables, égoïstes et romantiques... Après avoir passé douze ans dans le FBI, vous voilà hors de combat. Alors, sachant ne plus pouvoir vivre dans le présent, vous vous retournez dans le passé et le passé, c'est Rowena. Devant la solitude qui sera, désormais, votre lot, vous prenez peur. Oubliant la manière atroce dont vous vous êtes conduit envers une jeune fille, vous vous mettez à rêver : pourquoi ne m'aurait-elle pas attendu ? Pourquoi le désespoir de ne m'avoir pas pour époux ne l'aurait-elle pas inclinée à rester célibataire ? Et votre imagination battant la campagne, vous écrivez à Frank — dont vous vous rappelez seulement alors l'affection — pour qu'il vous renseigne sur Rowena. Mon mari ne vous a pas répondu parce qu'il ne voulait pas que vous veniez à Santa Yuccata afin que vous ne soyez pas mis au courant de la pitoyable aventure de celle que vous aimiez, mais pas assez pour en faire votre femme.

Maintenant, j'avais peur... J'aurais désiré qu'elle se tût, mais Doris était lancée. Il fallait qu'elle vide son sac.

— Vous aviez chargé Frank de lui apprendre avec tous les ménagements possibles que vous l'aviez laissée tomber. Vous n'aviez guère bonne conscience, Tony Bellano et vous saviez que lorsqu'on se destine à être un défenseur de la loi, il n'est pas indiqué d'entamer sa carrière en commettant une pareille saloperie !

— C'est vrai, Doris...

— Les remords, hein ? Ces sacrés bons vieux remords qui enjolivent la vieillesse, pas vrai ? Eh bien ! vous pouvez les ranger au magasin des accessoires, vos remords ! Rowena ne méritait pas qu'on s'en fasse pour elle ! Savez-vous ce qu'elle a osé ? Elle a tenté de séduire Frank ! Et ce gros imbécile se figurait être aimé pour lui-même ! ne se doutant pas une seconde qu'il n'était qu'un produit de remplacement destiné à vous faire enrager et à me meurtrir, car elle me jalousait pour avoir réussi là où elle avait échoué : le mariage. Nous n'étions mariés que depuis un an, Frank et moi. J'étais folle de chagrin et de colère. C'est à ce moment que Valdez est entré dans ma vie. J'avais besoin d'être consolée et je souhaitais me venger. Heureusement, Frank a eu peur de me perdre et cette crainte lui a ouvert les yeux. Il m'est revenu, nous avons oublié l'un et l'autre, et Valdez n'a plus été qu'un ami.

Sur ce dernier point j'étais convaincu qu'elle mentait, sinon le Mexicain se montrerait moins arrogant à l'égard de son chef.

— Et Rowena ?

Elle eut un rire méchant, grimaçant.

— Rowena ? Elle est presqu'aussitôt devenue la maîtresse de Cecil Overbrook.

— Le trafiquant de drogue ?

— Vous avez de la mémoire, hein ? malheureusement pour elle, Rowena a eu la malencontreuse idée de tromper son amant avec Slim Fillmore, un jeune bookmaker, soutenu par un clan de Las Vegas. Pour se venger, Cecil a tué Rowena d'un coup de poignard. Voilà, Mr. Bellano, ce que Frank refusait de vous apprendre pour ne pas abîmer la belle image que vous portez en vous d'une morte qui ne ressemblait plus à la jeune fille que vous aviez connue et cru aimer !

J'étais anéanti. Ah ! pourquoi être venu à Santa Yuccata ? Toute cette boue... J'avais le sentiment qu'on me dépouillait de mes dernières richesses et qu'en sortant de cette maison, je serais plus pauvre que le plus pauvre puisque je ne possédais même pas un souvenir agréable.

— On a arrêté Overbrook ? Comment se fait-il que je n'en aie pas entendu parler ?

— Convoqué chez mon mari, il a été tué en route ; d'un coup de couteau, lui aussi.

— Fillmore ?

— Sans aucun doute, mais on n'a pu le prouver.

— Qu'est-il devenu ce Fillmore ?

— Il a quitté Santa Yuccata il a huit ou neuf ans et pour savoir où il est... Vous connaissez mieux que moi ce genre d'homme.

Ecrasé par ces révélations, je mesurais l'étendue de ma sottise et une houle de gratitude me soulevait à l'endroit de Frank qui acceptait de passer pour une crapule à mes yeux afin que je n'apprenne jamais... Soudain, une idée me vint.

— Doris... Vous n'allez quand même pas prétendre que c'est pour me garder en dehors de cette sanie que Valdez a tué ou fait tuer Julius ?

— Evidemment, non ! Julius a été assassiné par un voyou persuadé, j'imagine, qu'il avait de l'argent caché... Il n'y a pas qu'à vous qu'il a parlé de son pseudo-trésor... Seulement, vous, toujours hanté par vos idées fixes, vous avez transformé ce crime crapuleux en assassinat perpétré par je ne sais quelle mafia et dans des buts inventés par votre obsession !

— En quelle année Rowena est-elle morte ?

— Il y a plus de dix ans... en novembre 1964, je pense...

Nous nous sommes tus tous les deux. A voix basse, Doris m'a presque chuchoté :

— Je n'ai pas pu garder le silence... Si vous étiez parti comme tous vous le conseillaient, je n'aurais rien dit... mais Frank est trop malheureux...

— Bon... Vous apprendrez à votre mari ou à Valdez, enfin au premier que vous rencontrerez... mon départ. Je repasserai en taxi, tout à l'heure, pour prendre ma valise.

— Pardonnez-moi, Tony, de vous avoir blessé mais, je crois, oui sincèrement, je crois que c'est pour votre bien.

⁂

A peine avais-je mis le pied dehors que mon « ange gardien » surgit, toujours souriant, et me menaçant gentiment du doigt.

— Alors, on fait des cachotteries au brave Nathaniel ?

— Non... Mrs. Greenlaw m'a appris des choses...

— Désagréables ?

— Très désagréables.

— Bah ! Faut pas vous frapper... C'est la vie...

— Je pars ce soir pour Leesburg.

— Je suis heureux de vous voir enfin raisonnable. Pour le moment, où allez-vous ?

— Au journal.

— A *L'Alerte ?* Que voulez-vous y faire ?

— Consulter un journal, pardi... mais un vieux.

Nathaniel ôta son chapeau pour se gratter le crâne en disant :

— Ça m'ennuie... pourriez pas vous rendre ailleurs en attendant l'heure du train ?

— Non.

— Embêtant... Très embêtant... Vous savez pas, Mr. Bellano vous devriez rentrer casser une petite croûte, juste le temps pour moi de demander des ordres, hein ? Vous seriez chic et tiens ! je vous porterais votre valise jusqu'à votre place, dans le train. Qu'est-ce que vous en pensez ?

— Je ne vois pas trop en quoi le fait que j'aille regarder les vieilles collections de *L'Alerte* peut troubler la police de Santa Yuccata... Mais si ça peut vous rassurer... Venez me chercher quand vous aurez mis votre conscience en repos.

Sur ce, je pivotai sur mes talons et réintégrai la maison des Greenlaw, mais à l'abri des regards de Nathaniel, je me glissai directement dans le jardin d'où je pouvais apercevoir, sans qu'il puisse lui-même me voir, cet abruti de Durham qui guettait ma réapparition supposée. Il avait la patience du flic habitué aux planques interminables. J'avais une patience identique et pour des raisons semblables. Enfin, quand il fut convaincu, sans doute, que je ne repartirais pas dans l'immédiat, il se décida à s'écarter. J'en profitai pour filer et me diriger vers Duxwell Avenue où se trouvait *L'Alerte.* A la bibliothèque, je fus reçu par un type maigre comme un clou et qui avait une pomme d'Adam démesurée. Sa maigreur, son étirement vertical (il devait bien mesurer 1,92 m) faisaient penser à un échassier ayant avalé une proie qui ne voulait pas passer. Son cou flottait dans un col trop grand. Avec ses lunettes de fer, sa visière sur les yeux, il rappelait les acteurs jouant le rôle de directeur du journal dans un Western. Son aspect rébarbatif n'était pas démenti par son humeur. Il me demanda ce que je désirais sur un ton tel que je me suis cru, immédiatement, en infraction avec je ne sais quelle loi de la plus haute importance. Lui ayant dit que je souhaitais consulter l'année 1964, il grogna :

— En voilà une idée... D'abord, quel est votre nom ?

— Cela offre un intérêt quelconque ?

Il haussa les épaules.

— Personnellement, je m'en fous, mais les ordres sont les ordres et le règlement est...

— ... le règlement, je sais. Je me nomme Tony Bellano.

— Attendez que j'inscrive sur mon registre... C'est au cas où vous piqueriez quelque chose, hein ? Ah ! mais, une minute... Bellano... vous êtes bien l'ancien flic, copain du capitaine Greenlaw ?

— Tout juste.

Il me regarda en plissant les yeux et s'enquit d'une voix faussement indifférente.

— Alors, comme ça, vous désirez ?

— L'année 1964.

— Pas toute l'année, je suppose ?

— Seulement le dernier trimestre.

— Ouais... eh ben ! mon gars, je vais vous dire une bonne chose : vous n'avez pas de chance, parce que le troisième trimestre de 1964, il est à la reliure.

— Naturellement, c'est un mensonge.

Il ricana.

— Naturellement, mais hein ? Les ordres...

— ... sont les ordres.

— Exact ! Vous comprenez vite, vous, mon garçon, hein ?

— Moi, je suis persuadé que vous allez comprendre encore plus vite !

Et, et sans autre forme de procès, j'empoignai mon bonhomme par sa cravate et commençai à l'étrangler gentiment, tout en demandant :

— Vous êtes sûr que vous n'allez pas la retrouver cette collection ?

Mon malheureux adversaire, geignant, suffoquant, râlant, essayait de dénouer l'étau qui l'étouffait lorsqu'on s'exclama, derrière moi :

— Ah ! Mr. Bellano, que c'est vilain de tromper son ange gardien !

En même temps, deux bras solides m'obligeaient à lâcher ma victime qui toussait, crachait et ne retrouvait haleine que pour m'injurier. Le policier l'apaisa :

— Ne vous énervez pas, mon vieux. C'est un malade...

— Dans ce cas, enfermez-le, Bon Dieu !

— C'est ce qu'on va faire !

J'étais tombé dans le piège, et du coup, je savais que Doris m'avait joué la comédie.

Une auto de police attendait devant le journal. On m'y poussa. Je savais que me débattre, crier ne servirait à rien et je me résignai, mettant mon espoir dans la promesse faite par mon copain du *Silver Ring*.

En descendant de voiture devant la clinique, mon gorille me dit :

— Vous vous êtes montré raisonnable, Mr. Bellano, c'est bien. Dommage que ce soit trop tard.

Il n'y eut aucune formalité d'entrée, ce qui prouvait

que ma place était réservée depuis quelques jours. Le policier m'accompagna avec deux infirmiers jusqu'à une chambre aux fenêtres munies de barreaux épais. Ils entrèrent tous avec moi. On me déshabilla, on me vêtit d'un pyjama, d'une robe de chambre, et Nathaniel sortit le dernier en me disant :

— Il faut toujours écouter les sages conseils, Mr. Bellano.

En fin d'après-midi, un homme vint prendre mon identité pour l'inscrire sur le livre des entrées. Je vis qu'en face de mon nom il notait : « délire obsessionnel avec tendance à la violence (rapports ci-joints). » Je passai une nuit pénible. Je commençais à avoir peur. Si jamais celui sur qui je comptais n'avais pas envoyé ma lettre, j'étais perdu. Je ne pouvais plus espérer que Frank s'opposerait à mon élimination définitive. Le pire était que je risquais de mourir sans savoir exactement pourquoi.

Vers la fin de la matinée suivant le jour de mon arrivée à la clinique, un homme — que je pris d'abord pour un malade tant il avait l'air en piteux état — se présenta à moi comme étant le docteur Samuel Brentfield, directeur de la maison de repos. Il me rappela que le policier Durham avait cru de son devoir de m'amener chez lui parce que j'avais donné des preuves d'agressivité incompatibles avec le maintien de l'ordre dans Santa Yuccata. Deux témoins dignes de foi, un chauffeur de taxi et un journaliste corroboraient le rapport de mon ex « ange gardien ».

— Qu'avez-vous à dire, Mr. Bellano ?,

— Rien, docteur.

— Ah ?... Dans ce cas, je vais vous examiner.

— A quoi bon cette comédie, docteur ? Vous savez que je ne suis pas malade et je sais que vous trahissez votre métier par passion pour la drogue. Alors, puisque nous sommes, tous deux, au courant, évitons-nous, moi, les reproches et les tentatives pour vous rendre le sens moral que vous avez perdu, vous, une pantomime qui vous ridiculiserait non seulement à mes yeux, mais aussi aux vôtres.

Il hésita, me regarda, puis :

— Vous avez peut-être raison. Je vous souhaite de tenir le coup.

Il se retirait lorsqu'au moment de quitter la pièce, il se retourna pour me dire :

— Je n'ignore pas que je suis un être méprisable devenu un jouet entre les mains de canailles sans scrupule. Simplement, je suis un lâche qui tient encore à son ignoble guenille.

J'avais pitié. La journée me parut ne pas finir. Un peu avant l'heure du dîner, on m'apporta ma valise. Frank et ses amis ouvriraient-ils une bouteille de champagne californien, ce soir, pour fêter ma disparition ?

J'eus beaucoup de mal à trouver le sommeil au cours de la deuxième nuit de mon incarcération. Ma toilette faite, mon petit déjeuner pris, je m'allongeai à nouveau sur mon lit et sombrai dans cette torpeur me tenant sur la ligne, imprécise, séparant le sommeil de la veille, lorsqu'un brouhaha m'arracha à ma léthargie. On se bousculait, on protestait et la porte s'ouvrit brutalement devant Barney Barrhead et Hal Dalry, le second me demandant en souriant :

— Quelque chose ne va pas, patron ?

CHAPITRE V

1

Un court instant, j'ai cru que je rêvais. Je ne parvenais pas à me persuader que je n'étais pas victime d'une hallucination, que mes deux amis se tenaient bien devant moi, ayant répondu à mon appel. J'aurais voulu leur crier ma joie, mon soulagement, mon émotion, je ne réussissais pas à articuler une syllabe. Cette espèce de paralysie subite me montrait, plus que n'importe quelle opinion médicale, à quel point j'étais diminué.

Hal s'approcha et me flanquant une bourrade d'amitié :

— Comme ça, on a besoin de ses potes ?

Barney surenchérit :

— C'est gentil d'avoir pensé à nous offrir une promenade au Nouveau-Mexique.

Je tenais leurs deux mains dans les miennes et, incapable d'en dire plus, je répétais sottement :

— Hal... Barney... Hal... Barney... Hal... Barney...

Hal me secoua :

— Ça va, chef, nous sommes là pour vous aider à vous sortir de cette histoire... Nous la connaissons par les explications de votre lettre et aussi par les confidences de votre copain du *Silver Ring*.

— Le chic type !

— Cela nous paraissait si louche ce que vous nous racontiez que Brechin a téléphoné à la section du FBI de Santa-Fé à propos de la municipalité et de la police de Santa Yuccata. Les renseignements ont été tellement moches que le patron n'a pas hésité, non seulement à nous envoyer à votre secours, mais encore il nous a chargés d'une mission officielle : enquêter sur le lieutenant Valdez et sur la mort de Miss Blackwood. Le gars du *Silver Ring* nous a aussi informés que Sam Brentfield, le médecin qui dirige la maison était un drogué aux ordres de la municipalité.

— Exact.

Barney frotta ses grosses mains l'une contre l'autre et chuchota :

— Je sens qu'il va y avoir du sport...

Semblant illustrer son propos, le bruit de marches rapides dans le couloir nous imposa un silence attentif. Paraissant glisser plutôt que poser les pieds sur le sol, Barrhead et Dalry se postèrent derrière mon siège et je devinai le mouvement de leurs mains vers leurs holsters. Ils étaient sans cesse prêts à tout dans un métier où l'on paie très vite et très cher la moindre négligence.

La porte s'ouvrit devant le docteur Brentfield, congestionné, furieux, gesticulant, suivi de deux infirmiers du genre gorille.

— Qu'est-ce que cela signifie ? Qui êtes-vous ? De

quel droit avez-vous forcé l'entrée de cet établissement ?

Hal Dalry, le plus diplomate, répondit calmement :

— Heureux de vous voir, docteur...

— Monsieur, je...

— Je tenais à vous rencontrer pour savoir de quel droit vous retenez notre ami prisonnier ?

— Il... il n'est pas prisonnier !

— Ah ! bon... Je me figurais... Excusez-moi, donc... Dans ce cas, habillez-vous, mon cher, nous vous emmenons.

Ces derniers mots m'étaient adressés. Brentfield cria :

— Vous ne pouvez pas l'emmener !

— Pourquoi ?

— Parce que... parce qu'il est malade !

— Auriez-vous l'amabilité de nous montrer la copie de son bulletin d'hospitalisation ?

— Je... je n'ai pas encore eu... le temps de... enfin de...

— Docteur, savez-vous que même au Nouveau-Mexique, un internement arbitraire est un crime ? Qu'il importe peu qu'il ait été ordonné par un flic pourri nommé Valdez et qu'enfin, l'usage de la drogue est interdit sur le territoire des Etats-Unis ?

— Je ne... je ne comprends pas votre... votre dernière remarque...

— Vous plaisantez, docteur ? Vous êtes un drogué, cela se voit comme le nez au milieu du visage...

Hors de lui, le médecin se tourna vers ses infirmiers :

— Fichez-moi ces gens-là dehors !

Les deux costauds s'approchèrent pleins de bonne

volonté. Dans la minute qui suivit, une prise de judo poussée à fond avait démoli l'épaule de l'agresseur de Hal et le malheureux criait de douleur. Son équipier ne disait rien, car du premier instant, Barney, d'un-puissant crochet du droit, l'avait envoyé au pays des songes. Pendant la bagarre sur l'issue de laquelle je ne nourrissais aucun doute, je m'étais habillé et lorsque Hal me demanda :

— On file ?

Je lui emboîtai le pas tandis que Brentfield, l'œil rond, nous regardait partir, incapable de réagir.

*
* *

Une fois dehors, j'avertis mes amis.

— Il risque d'y avoir du grabuge.

Barney haussa les épaules.

— Tant mieux ! On adore ça ! Pas vrai, Hal ?

— Vrai, Votre Honneur !

Ils paraissaient heureux comme des collégiens sur le moment de monter une farce énorme.

Sur ma prière, nous nous sommes arrêtés au *Silver Ring*. Je tenais à remercier celui qui avait respecté la parole donnée.

Nous étions en train de nous congratuler, en buvant ma tournée lorsque Nathaniel Durham surgit et s'exclama, toujours jovial :

— Mais je ne me trompe pas ! C'est Mr Bellano !

Sans se soucier de Barney et de Hal, il s'avança vers moi :

— Alors, on ne se plaisait pas chez le bon docteur Brentfield ?

— Non, on ne s'y plaisait pas.

— Vous allez quand même y revenir avec moi et

vous m'expliquerez en chemin de quelle façon vous vous y êtes pris pour vous échapper.

— Nathaniel Durham, vous êtes une parfaite canaille, et je puis vous annoncer que vous vivez vos dernières heures de liberté.

— Sans blague ? Maintenant, ça suffit ! Vous me suivez ou je me verrai dans l'obligation de me montrer méchant !

Barney s'esclaffa :

— Ces flics pourris sont marrants quand ils se mettent à jouer les croquemitaines !

Nathaniel qui s'apprêtait à me sauter dessus, s'arrêta net, pour s'adresser à Barrhead :

— Vous m'avez traité de pourri, si j'ai bien entendu ?

— Tu as bien entendu, mon gros !

Plus rapide que je ne l'aurais supposé, Durham sortit son revolver pour en menacer Barney, mais il sentit le canon de l'arme de Hal s'enfoncer dans ses reins. Il rengaîna et pivota lentement sur ses talons. C'est à peine si l'on discernait une fêlure dans sa voix lorsqu'il demanda :

— Cela signifie quoi, exactement, ce cirque ?

— Que la belle époque est terminée, mon vieux. Ainsi que le prophétisait le lieutenant Bellano, vous allez devoir passer de nombreuses années en prison.

— Qui êtes-vous ?

— FBI. Enquête sur la pourriture de la mairie de Santa Yuccata, sa collusion avec la police et enfin enquête sur la disparition de Miss Blackwood. Ça vous suffit ? Les menottes, Hal.

Délesté de son revolver, les poignets emprisonnés, Durham, avant qu'on ne le bâillonne, affirma :

— Personnellement, je ne suis pas grand'chose dans ce mic-mac.

— Réservez vos explications pour le juge.

Durham avait peur. Une maladie que je connais bien, d'abord pour l'avoir éprouvée moi-même, ensuite pour l'avoir vue dans les yeux des hommes qui allaient mourir ou devant qui s'ouvrait la perspective de longues, très longues années de prison. Assuré, jusqu'ici, d'une totale impunité, Nathaniel voyait s'effondrer brutalement son univers. Il n'était pas préparé moralement à un tel choc. Il n'était plus qu'une loque. J'étais sûr qu'il était disposé à toutes les trahisons pour sauver sa peau. C'est pourquoi, je me figurais que mes amis s'apprêtaient à lui tirer les vers du nez. Or, à ma grande surprise, lorsque Durham fut enfermé dans la resserre aux balais, Hal dit au tenancier du bar :

— Durham ne m'intéresse pas, ce sont les autres qu'il nous faut. Dans une heure et demie, (vous direz que vous avez mis ce temps pour vous débarrasser de vos liens) vous irez libérer le prisonnier et lui rendrez son arme en prétendant que vous ne voulez pas être mêlé à une histoire à laquelle vous ne comprenez rien. Vous ajouterez que nous sommes partis pour le cimetière. D'accord ?

— D'accord.

— N'oubliez pas... Il est 9 h 30, vous le lâchez à onze heures.

— Comptez sur moi.

*
* *

Le gardien du cimetière ouvrit des yeux comme des soucoupes, lorsque j'entrai dans son bureau. Désinvolte, je m'enquis :

— Ça va la santé ?

Sans crier, il dit, désabusé, presque résigné :

— N... de D... ! Encore vous...

— Vous ne semblez pas content de me voir ?

— Mais on m'avait assuré que...

— Que quoi ?

— Ça ne vous regarde pas ! Débarrassez le plancher et en vitesse, ça vaudra mieux et pour vous et pour moi !

— Voyez-vous, je suis sur le point de quitter le pays et j'aimerais, avant de partir, m'incliner une dernière fois sur la tombe où reposent mes amies.

— Je vous ai déjà conseillé de filer !

— Puis-je vous demander de quel droit vous prétendez m'empêcher d'entrer au cimetière ?

— Vous pouvez, mon vieux, et je vous répondrai une fois encore que ça ne vous regarde pas !

A cet instant, Barnet et Hal pénétrèrent dans le bureau. Très courtois, Dalry s'adressa à moi :

— Etes-vous le gardien ?

Avant que je ne puisse dissiper sa fausse erreur, le vrai gardien intervint :

— Que désirez-vous ?

— Localiser une tombe.

— C'est facile. De qui s'agit-il ?

— Miss Rowena Blackwood.

Le bonhomme eût été frappé par la foudre qu'il ne fût pas resté plus raide sur sa chaise. Peu à peu, il se reprit et passa sa langue sur ses lèvres sèches.

— Un coup monté, hein ?

Il interpella Barrhead.

— Et vous, vous souhaitez aussi, sans doute, prier sur la tombe de Miss Blackwood ?

Barney vint jusqu'au gardien vers qui il se pencha pour lui confier gentiment :

— Pas du tout. Moi, j'aimerais simplement connaître les raisons qui vous ont poussé à étrangler mon copain, Julius Burley ?

L'autre devint livide et bégaya :

— Vous... vous êtes f... fou ?

Puis, il se leva et sitôt qu'il se fut écarté de la table derrière laquelle il était assis, il voulut décrocher le téléphone mural, mais Hal fut plus rapide que lui et arracha l'appareil du mur.

— Nous irons porter la nouvelle à Mr. Winchendon. Et maintenant, en route !

— Vous m'emmenez ? Mais de quel droit ?

— Du droit qu'a un policier d'arrêter un criminel et surtout quand ce policier et ses amis appartiennent au FBI.

— Au FBI ! Mais ils m'avaient affirmé que...

— Ça va, mon vieux, ça va... A votre âge, vous ne devriez pas croire ce qu'on vous raconte. Il faut toujours payer ses erreurs même quand le prix en est la chaise électrique.

— Ce n'est pas moi qui ai tué Julius ! Je l'engueulais de temps à autre, d'accord, parce qu'un cimetière c'est pas la place d'un dingue... Nous étions copains... Je vous jure que je ne l'ai pas tué !

— Qui donc l'a fait, dans ce cas ?

Le gardien, avait peur de nous, mais il semblait qu'il eût encore plus peur de quelqu'un d'autre. Aucune menace ne parvint à lui arracher le nom qu'il taisait obstinément.

Hal eut la sagesse de ne pas insister.

— A votre guise ! ou nous reprendrons cette conversation plus tard, ou vous paierez pour celui que vous couvrez. En attendant, vous nous accompagnerez là où Julius avait pris ses quartiers.

L'homme usa d'un argument puéril qui soulignait le désarroi mental où notre attaque brusquée l'avait plongé.

— Je n'ai pas le droit d'abandonner mon poste !

Barney le prit par le bras.

— Maintenant ou dans une heure, quelle importance ? Quoi qu'il en soit, vous coucherez ce soir en prison avec une inculpation de meurtre.

Je vis le type tressaillir mais il ne parla pas.

Quand nous parvînmes au tas de décombres mangé par les ronces où Julius aimait à se retirer, j'eus une pensée fraternelle pour ce garçon que le malheur avait renvoyé aux portes de l'enfance sans, toutefois, lui permettre d'y pénétrer. Une colère soudaine me fit attraper le gardien par le plastron de sa chemise qui craqua sous ma prise.

— C'est là que tu l'as tué, voyou ?

— Je vous répète que ce n'est pas moi !

Hal m'arrêta :

— Ne vous fatiguez pas, chef... Il parlera quand je le voudrai. J'ai du sang indien dans les veines, vous savez...

Sous mes doigts, je sentis notre prisonnier trembler, mais il resta muet. Barney m'interrogea :

— A votre avis, si le trésor de votre Julius existe, où peut-il être planqué ?

Du doigt, je montrai le mur.

— Là...

Je me dirigeai droit vers le mur que Julius m'avait indiqué et je n'éprouvai aucune peine à retrouver la pierre servant de cachette. Je la retirai avec une certaine émotion. Dans une enveloppe de caoutchouc, il y avait un cahier d'écolier. Le garçon soupira, sincère :

— Dire qu'on a cherché partout...

Au moment où je m'apprêtais à feuilleter mon héritage, Dalry nous avertit :

— Il est plus de onze heures.

Je me rappelai.

— Et Nathaniel est libre, n'est-ce pas ?

— J'estime qu'il faut demeurer sur nos gardes.

— Pour quelles raisons viendrait-il ici ?

— Il ne rappliquera que si c'est lui qui a tué Julius.

— Et ça lui servirait à quoi ?

— A se rendre compte si son copain, le gardien, s'est tu ou non.

— Dans ce cas, Hal, surveillez l'entrée.

Dalry s'écarta de nous et s'accroupit entre les tombes. J'ouvris le cahier. C'était, à première vue, une sorte de journal. Il y avait la date d'un jour que suivaient des réflexions sur les visiteurs, leurs manies, leurs ridicules. Julius parlait à sa femme, comme si elle eût été près de lui. Il lui racontait ce qu'il avait fait de sa journée et lui donnait des conseils ou lui adressait des reproches à propos de l'éducation des enfants. Tout cela n'avait pas grand intérêt pour moi, du moins sur le plan de mon problème. J'allais glisser le cahier dans ma poche, lorsque le hasard d'un mouvement fit se chevaucher deux pages et mon œil accrocha le prénom de Rowena. Pour Barney qui se tenait à mon côté, je lus :

« Les hommes sont étranges, ma chérie. Je crois que je ne comprendrai jamais rien à leur comportement. Ce matin, j'ai vu le gardien, accompagné du policier roux qui a déjà voulu me chasser de chez moi, se diriger dans ma direction. Alors, je me suis aplati sur le sol. Tu ne devinerais pas ce qu'ils ont fait, Maggy... Ils ont planté une croix sur un petit coin de terre où il n'y a personne. Pourquoi, une croix dans ces conditions ? Quand ils ont été repartis, je me suis approché pour lire les noms gravés sur la croix : Rowena Balckwood et Clarissa Bryant. Je crois, ma chérie, que les hommes sont fous ».

Barney demanda :

— A quel date a-t-il noté ça ?

— L'avant-veille de mon arrivée.

— Dans ce cas, c'est pour vous qu'ils ont...

— Oui. C'est quand il m'a vu prier devant la croix qu'il savait n'abriter que le vide que Julius a voulu me venir en aide, mais il avait peur.

— Du gardien et de Durham ?

— Sans aucun doute... Barney, savez-vous à quoi je ne peux m'empêcher de penser depuis quelques instants ? C'est moi qui ai tué Julius.

— Quoi ?

— Si je n'avais pas raconté en présence des autres ce que m'avait dit Julius et sa promesse, ils n'auraient pas cru nécessaire de l'éliminer.

Soudain, nous entendîmes crier :

— Hé ! vous, là-bas !

Nous nous sommes retournés. Nathaniel se tenait près de la croix de Rowena et nous menaçait de son arme.

— Vous croyiez être débarrassés de moi, hein, les gros malins du F.B.I. ?

Jugeant l'occasion propice, le gardien se redressa et courut en direction du flic roux. Ce dernier qui devait avoir les nerfs à fleur de peau, savait que nous étions trois et, nous voyant trois, crut vraisemblablement à une attaque. Sans se soucier de regarder l'homme qui lui fonçait dessus, il tira. Le choc de la balle arrêta net notre prisonnier dans sa fuite. La stupeur plus que la douleur faisait trembler sa voix :

— C'est moi, Nat... Moi !... Pourquoi tu m'as tiré dessus ? Je leur ai pourtant pas dit que... que c'était toi qui...

Une seconde balle l'étendit. Maintenant, nous savions qui avait tué Julius. Durham nous ordonna :

— Donnez-moi ce cahier, Bellano, ou je vous descends tous les deux !

Il était visiblement hors de lui et dans un état de surexcitation qui l'écartait du réel. Il hurla :

— Je vous tue tous les deux ! Ainsi j'aurai tué tous les types du FBI ! Ils seront obligés d'admettre que je vaux plus que ce qu'ils racontent !

Il leva son arme sur nous et c'est à ce moment que Hal fit feu. Nathaniel exécuta un demi-tour sur lui-même, s'accrocha à la croix de Rowena et y mourut.

2

Plein d'une énergie nouvelle et obscurément nourri par une espérance un peu folle, je pensai : et si Rowena n'était pas morte ? Il est vrai que presqu'aussitôt la raison intervenait pour me demander les motifs qui auraient poussé Frank à me mentir sur ce point. J'avais entraîné mes compagnons à la mairie où, passant devant la secrétaire effarée que Barney empêcha de prévenir son patron, nous entrâmes dans le bureau de Winchendon qui, lui aussi, parut décontenancé par notre intrusion.

— Ma secrétaire n'est donc pas à son poste ?

— Si, seulement un ami s'est opposé à ce qu'elle vous alerte.

— Vous m'obligeriez, Mr. Bellano en m'expliquant ce que signifie votre attitude ?

— Je ne suis là que pour ça ! Figurez-vous que nous sommes venus vous apprendre une grande nouvelle qui, j'en suis persuadé, va vous surprendre autant qu'elle nous a surpris.

— Je veux l'espérer ! Auparavant, voulez-vous me dire qui sont ces gentlemen ?

— Mr. Barney Barhead et Mr. Hal Dalry... Au risque de vous décevoir, je suis contraint de vous confier qu'ils ne sont pas plus que moi des gentlemen, mais des policiers.

Il devint subitement nerveux.

— Des policiers ? Je ne pense pas les connaître ?

— Vous ne les connaissez pas, en effet, Mr. Winchendon. Ils arrivent de Washington. Ils appartiennent au FBI.

Du moins apparemment, le coup lui fut moins cruel que je ne le pensais.

— C'est donc cela... Et la nouvelle extraordinaire, Mr. Bellano ?

— L'exhumation que vous m'avez refusée, vous auriez pu me l'accorder sans remords.

— Pourquoi donc ?

— Parce qu'il n'y a personne dans cette tombe, Mr. Winchendon.

— Comment le savez-vous ?

Je mentis pour le désarçonner.

— Nous l'avons fouillée avec nos pelles et nos pioches.

Il voulut plastronner.

— Dites-moi, une initiative parfaitement illégale, non ?

— Pas plus que de planter une croix sur une tombe vide, ne pensez-vous pas ?

— Conclusion ?

— Je crains que nous soyons dans l'obligation de vous arrêter.

— Moi ? et pourquoi ?

— L'entretien des cimetières ne relève-t-il pas de vos attributions ?

— Pas au point d'être responsable, d'une autre manière qu'administrative de ce qu'il s'y passe en mon absence. D'ailleurs je m'étonne que le gardien vous ait laissé faire...

— Il est mort...

Là, il commença à perdre pied.

— Vous... vous l'avez tué ?

— Nathaniel Durham l'a pris pour l'un de nous trois et l'a descendu. Mon ami a abattu ce flic pourri.

— Le carnage, quoi ! Est-ce que pour agir de la sorte, ces Messieurs ont des papiers officiels ?

Hal répondit :

— Mr. Winchendon, notre enquête est officielle et nous avons des ordres de mission dans nos poches.

Notre interlocuteur tira un tiroir de son bureau et, en un éclair, un pistolet apparut dans le poing de Barney. Winchendon sourit :

— Rassurez-vous, je n'ai pas envie de jouer au héros... Seulement, boire un coup, j'en ai besoin.

— Je m'en doute.

Lorsqu'il eut reposé son verre et se fut essuyé la bouche avec un kleenex, Winchendon s'adressa à nous tous :

— En somme, c'est la fin ?

Je répondis pour les trois :

— Je le crois.

Il se tassa un peu sur son fauteuil.

— J'ai le sentiment que je ferais aussi bien de me confesser, hein ?

— Ce n'est pas une mauvaise idée.

— Voyez-vous, Mr. Bellano, j'aurais dû écouter Ava... Vous la connaissez, elle n'a pas inventé la poudre, mais elle est pleine de bon sens et fort attachée aux réalités de la vie. Elle a été élevée à la terre, parmi les bêtes et les moissons ; elle eût souhaité continuer ainsi jusqu'à sa mort. Pour son malheur, elle a épousé un garçon qui n'était peut-être pas mauvais. Simplement, il était assez sot pour se persuader que la politique serait le domaine où il se réaliserait le mieux, comme l'on dit. Je n'ai pas voulu écouter les conseils d'Ava et grâce à son argent, j'ai réussi à me faire inscrire sur la liste du maire actuel de Santa Yuccata, un gâteux qui vit reclus depuis des années. On ne le sort que le jour des élections. On ne le garde que parce qu'il est puissamment apparenté. Sa seule présence nous apporte un solide paquet de bulletins.

« En vérité, Messieurs, dans notre pays, la politique municipale est terriblement dangereuse, et pour ceux à qui on l'applique et pour ceux qui l'appliquent. Il y a trop de tentations. Il faudrait être un saint et puis, il n'y a que le premier pas qui coûte et on a tôt fait de glisser de l'indélicatesse à la malhonnêteté. Ce fut mon cas. J'ai voulu être toujours plus riche, toujours plus puissant. Je me disais bien, de temps à autre, qu'une heure viendrait où il me faudrait payer, mais au fond de moi-même, je n'y croyais pas. Et vous voilà...

— Frank Greenlaw vous imitait ?

— Non... Je crois que Frank n'a jamais touché un pot de vin de sa vie publique... Il est irrémédiablement honnête, mais il manque de caractère et est soumis, pour des raisons que j'ignore, au lieutenant Valdez, un parfait voyou celui-là, dont j'utilisais l'absence de scrupules.

— Pourquoi Frank couvre-t-il ce type ?

— Je ne le sais pas.

— Et cette histoire de tombe vide ?

— Un après-midi, Valdez est venu me trouver de la part de Frank pour me prévenir qu'il allait faire planter une croix-bidon sur un morceau de terre vide pour se débarrasser d'un type qui venait voir Frank et risquait de lui attirer des ennuis. Je ne pourrais pas vous en apprendre davantage.

— Vous ne vous êtes pas montré très curieux ?

— Il vaut mieux ne pas se mêler des affaires d'autrui.

— Vous n'avez aucune idée des motifs qui les ont poussés à agir de la sorte.

— Aucune. Maintenant, Messieurs, je suis à votre disposition.

Il se leva, regarda son bureau et soupira :

— Je vais aller en prison. Ava retournera à la ferme paternelle. Ainsi, nous serons chacun à notre place.

*
* *

Frank ne parut pas réellement surpris de nous voir. Avant qu'il n'ait ouvert la bouche, je lui désignai Barney et Hal en annonçant :

— Le F.B.I... Frank.

— Ah ?

— Ils sont officiellement mandatés pour enquêter.

— Sur quoi ?

— La gestion municipale et ses collusions avec la police.

— Je vois.

J'ajoutai, sans élever la voix :

— Et aussi sur le mystère d'une tombe vide au cimetière.

— Tu as découvert ça ?

— Tu ne pensais pas que j'y arriverais ?

— Je le craignais. Mais il ne s'agit pas de mystère, simplement d'une erreur imbécile.

— Une erreur qui a coûté la vie à Julius, au gardien et à Durham.

Là, il fut secoué.

— Ce n'est pas vrai ?

— Si.

— Mais... pourquoi ce massacre ?

— Ils ne voulaient pas que nous mettions le nez dans ce que tu appelles une maladresse, en somme.

Il réfléchit un moment, puis :

— Je n'ai plus rien à perdre, n'est-ce pas ?

— Non.

— Tu vois, Tony, on se persuade qu'on rend service et voilà le résultat. J'aurais mieux fait de t'apprendre que Rowena s'est suicidée.

— A cause de moi ?

— Je le crains.

— Mais pour quelles raisons Doris m'a-t-elle raconté cette sale histoire de gangsters ?

— Nous te connaissions assez pour tenter, à n'importe quel prix, de t'éviter des remords.

Je n'étais plus en état de discuter. La joie que je pouvais ressentir à l'idée que Rowena était restée pareille à elle-même, était contrebalancée par l'angoisse qui, déjà, me saisissait à l'idée de ma responsabilité. Je sombrai doucement dans un désespoir qui, je le sentais, ne me quitterait plus jamais. Le poids de cette jeune morte tant aimée allait me peser sur la conscience au point de ne plus me permettre de vivre encore longtemps.

Devinant que je ne prendrais plus part à la discussion, Hal assura le relais :

— Nous devons vous avertir, Mr. Greenlaw, que nous avons arrêté Mr. Winchendon.

— Pauvre Burt... pauvre Ava aussi.

— Il aurait dû penser à elle plus tôt. Mr. Greenlaw, pour quels motifs avez-vous ramassé Brandon Valdez dans la rue pour en faire un officier de police ?

— Ses qualités m'ont apparu et...

— Je vous en prie, Mr. Greenlaw, soyons sérieux ! Tenez-vous à ce que je formule ma question d'autre façon ? Qu'est-ce qui permet à Valdez d'avoir barre sur vous ?

— Je ne peux répondre.

— Vous serez obligé de le faire devant le Grand Jury.

Barney, plus intuitif que son volume ne le donnait à croire suggéra :

— C'est à cause de votre femme que vous refusez de parler ?

Frank me regarda longuement et je n'oublierai jamais ses yeux implorants.

— Oui.

— Il était l'amant de Mrs. Greenlaw, n'est-ce pas ?

En me fixant, il répondit dans un souffle :

— Oui.

Hal prit le relais de son camarade.

— Vous craigniez que Valdez fit connaître à l'opinion cette liaison coupable et qui vous eût, sans doute, obligé à démissionner ?

— Je n'avais pas de fortune.

— Je sais. On nous a parlé de votre honnêteté foncière, mais à quoi sert-elle si elle ne s'appuie pas sur un certain courage moral ?

C'est à moi seul que Frank s'adressa :

— Je ne voulais pas perdre Doris, Tony.

Il semblait croire que je pouvais le comprendre.

— Si la chose s'était sue, j'aurais été obligé de me séparer d'elle et je n'en avais pas le courage... ou alors, nous aurions dû quitter la ville. Comment vivre, dans ce cas ?

— Etes-vous certain qu'elle vous aurait suivi ?

Ses épaules ployèrent.

— Peut-être que non...

Je me remettais peu à peu du coup que Frank m'avait porté en me révélant mon effrayante responsabilité dans la mort de Rowena.

— Pourquoi Doris a-t-elle cru nécessaire de noircir la mémoire de Rowena ?

— Elle espérait qu'en haïssant son souvenir, tu ne t'occuperais plus d'elle, que tu l'oublierais...

— Doris me connaît bien mal... !

Il hocha la tête.

— Qui peut se vanter de connaître le prochain ?

— Où a-ton enterré Rowena ?

— Dans la fosse commune... Elle s'était suicidée... Deux ans après, sur sa demande, sa grand-mère l'y a rejointe. Maintenant, j'imagine que je dois vous suivre ?

Hal que je soupçonnais d'être incapable de perdre son sang-froid, s'enquit :

— Sous quel chef d'accusation, Mr. Greenlaw ?

— Puisque vous avez arrêté Winchendon ?

— Il nous a avoué sa malhonnêteté et qu'il était un prévaricateur. Mais vous, tout le monde chante vos louanges, Winchendon lui-même s'est porté garant de votre honnêteté... Ce subterfuge de la croix sur une fausse tombe ? Vous admettrez que ce genre de plaisanterie ne regarde pas le F.B.I. ! Alors, pourquoi voudriez-vous que je vous arrête ?

— Je ne veux pas que vous...

— Si, Mr. Greenlaw, vous voulez que je vous arrête.

— Et pourquoi donc, Seigneur !

— Justement parce que vous êtes un honnête homme, un honnête homme qui a commis quelque chose de contraire à la loi, qui le sait et qui, obscurément, pour se pardonner, a besoin qu'on le punisse.

— Je vous assure...

— Vous nous avez menti, Mr. Greenlaw... Mr.. Bellano a pu être dupe car à travers vous, c'est de votre commune jeunesse qu'il entendait plaider la cause. Barney et moi, qui n'avons plus le temps d'être sentimentaux, aimerions comprendre pourquoi trois hommes sont morts pour une simple plaisanterie macabre, d'un goût douteux je vous l'accorde, mais une plaisanterie ? Nous prendriez-vous pour des imbéciles, Mr. Greenlaw ?

— Vous vous faites des idées...

— Et les trois types qu'on a tués, ils s'en faisaient eux aussi, des idées ? Voyez-vous, Mr. Greenlaw, vous devriez connaître assez les gens du F.B.I. pour vous persuader que nous ne vous lâcherons pas, vous et votre clique, tant que nous ne saurons pas la vérité et j'ai le sentiment que ce jour-là, cela saignera pour quelques-uns ! Alors, vous parlez oui ou non ?

— Je n'ai rien à ajouter à ce que je vous ai dit.

— Dans ce cas, nous vous embarquons avec Valdez quand celui-ci sera sorti de sa cachette !

— Me voilà !

Nous nous sommes tournés vers le côté d'où venait la voix. Valdez, souriant, se tenait sur le seuil d'une porte dissimulée dans la boiserie. Elle devait ouvrir sur un cagibi d'où l'on pouvait entendre ce qui se racontait dans le bureau de Frank. Le lieutenant s'avança vers nous :

— Contrairement à ce que vous semblez croire, gentlemen je ne me cachais pas et pourquoi l'aurais-je fait ? De tout ce qu'il s'est passé, je suis innocent. Je me suis contenté d'obéir aux ordres du capitaine Greenlaw.

Je protestai.

— Vous avez ordonné la mort de Julius !

— Il faudra le prouver !

— A cause de vos ordres criminels, deux hommes sont morts !

— Vous parlez sans preuve, Mr. Bellano.

Hal nous interrompit.

— Valdez, êtes-vous décidé à nous révéler ce que Greenlaw s'obstine à nous cacher ?

— Tout bien pesé, je pense que je vais m'y résoudre... — Il s'adressa à Frank : — Pardonnez-moi, mon vieux, mais cela devait finir par craquer. — Il revint à nous. — Tout a débuté le jour où...

Le tonnerre déclenché par les détonations dans cette salle fermée nous surprit et nous figea un temps très court sur nos fauteuils avant que nous puissions réaliser que Frank avait tiré sur Valdez. Atteint à la tête et à la poitrine, le Mexicain avait rejoint Julius, sa victime.

Barney tenta de prendre son arme, mais Greenlaw le lui déconseilla.

— Je vous en prie, restez tranquille. Je n'ai pas la moindre envie de mettre encore des victimes à mon tableau de chasse... Ne m'obligez pas à faire ce que je ne veux pas faire...

— Frank... pourquoi l'as-tu tué ?

— Il y a douze ans que je rêvais d'agir de la sorte.

— Depuis que Doris et lui...

— Oui.

Hal secoua la tête.

— Non ! Vous l'avez abattu de crainte qu'il ne parle.

Frank sourit.

— Vous avez beaucoup d'imagination au F.B.I. Cela me surprend...

— Et que je vous arrête pour meurtre au premier degré, cela vous surprend-il, à votre tour ?

— Vous ne m'arrêterez pas... Tony, toute cette embrouille n'avait, je te le répète qu'un but : t'éviter des remords. J'ai écouté de mauvais conseils. Pire, j'ai aggravé les choses puisque c'est à cause de toi que Doris, veuve, privée de Valdez, se retrouvera seule dans la vie et, pratiquement, sans un sou. Des remords supplémentaires, Tony. Je t'en demande pardon. Essaie d'aider Doris dans la mesure de tes moyens et suis le conseil que nous t'avons donné : épouse Kay. Messieurs, veuillez m'excuser de vous quitter.

Au moment où Hal et Barney se jetaient sur

Greenlaw, je me dressai devant eux. Ils perdirent deux ou trois secondes, c'était suffisant pour Frank qui, avant de se faire sauter la cervelle, me lança :

— Merci, Tony.

Hal qui s'était penché sur mon copain d'autrefois, se releva.

— Il est mort... C'est ce que vous souhaitiez, chef ?

— Oui, c'est mieux ainsi.

— Peut-être, mais... contrairement à ce qu'il espérait, nous ne pouvons laisser sa femme tranquille.

*
* *

Ce fut une visite extrêmement pénible. Quand Doris eut appris qu'elle n'avait plus ni mari, ni amant, elle s'était contentée de me dire :

— Il était écrit, sans doute, que vous feriez notre malheur à Rowena et à moi. Que Dieu vous pardonne s'il le juge bon, moi j'en suis à jamais incapable !

J'aurais aimé être ailleurs. Doris ne m'épargnait pas, mais le méritais-je ? Tout avait été de ma faute... Mon désir d'arriver m'avait fait abandonner la fille que j'aimais et qui m'aimait. A cause de moi, elle était morte. Frank, mon ami, mon meilleur ami si longtemps négligé, avait monté tout une comédie pour que je ne sache rien de la vérité... Des sous-ordres trop pleins de zèle, peut-être un malheureux hasard, avaient été cause que la farce tournât en drame. Cet imbroglio stupide venait se greffer sur une affaire de corruption dont, heureusement, sa mémoire ne sortirait pas ternie. A la réflexion, cependant, Doris en prenait un peu à son aise avec moi. Je le lui fis remarquer :

— Sans nier mes responsabilités, je vous rappelle que si vous étiez demeurée fidèle à Frank, il n'aurait jamais choisi Valdez pour second et nous n'en serions pas là où nous en sommes aujourd'hui.

— Nous n'en serions surtout pas là Tony, si vous n'étiez venu à Santa Yuccata malgré l'opposition de mon mari !

Il ne m'était pas possible de prétendre le contraire. Constatant ma défaite, Hal se substitua à moi.

— Mrs. Greenlaw, vous avez joué votre partie dans les événements qui ont abouti à ce massacre. Ce n'est pas le lieutenant Valdez en tant que tel, que votre mari a abattu, mais votre amant ! Vous avez été d'accord avec votre époux pour monter une curieuse comédie à Mr. Bellano. Mrs. Greenlaw, je suis extrêmement entêté et ne lâche pas prise tant que je n'ai pas compris.

— C'est pourtant simple...

— Oh ! non, Mrs. Greenlaw, ce n'est pas simple et permettez-moi de vous faire remarquer que votre attitude est à l'opposé de la simplicité ! Je sais bien que la province n'aime guère Washington, toutefois d'ici à considérer les policiers du F.B.I. comme des « demeurés », il y a une marge que morts et vivants ont eu tort de franchir. Voilà près de douze ans que votre mari supporte son infortune conjugale. Pourquoi s'en est-il ému aujourd'hui au point de tuer et de mourir ? Pour quelles raisons ne l'a-t-il pas fait, il y a douze ans ?

— Vous auriez dû le lui demander !

— Il ne m'en a pas laissé le temps.

Barney, à son tour, se mêla au débat.

— Mrs. Greenlaw, je ne pense pas qu'on puisse être plus fidèle en amitié que je ne le suis. Les deux hommes que vous voyez là sont des frères pour moi et je suis prêt à tous les sacrifices pour les tirer d'un mauvais pas, le cas échéant. Cependant, je ne me transformerais pas en meurtrier uniquement pour leur éviter des remords.

— Votre psychologie m'intéresse beaucoup, mais à quoi voulez-vous en venir ?

— A ceci : vous mentez de la même façon que votre mari a menti et votre époux a tué Valdez plutôt que de le laisser nous révéler la vérité.

— Quelle vérité ?

— Nous n'en savons rien pour l'heure. Votre infidélité a servi de prétexte à Greenlaw pour abattre un rival. Nous pensons de plus en plus, nous, qu'il a éliminé un complice... complice de quoi ? Nous l'ignorons.

Hal ajouta :

— Soyez tranquille, nous parviendrons à apprendre le fin mot de l'affaire. En attendant, nous avons assez de preuves indirectes pour vous emmener à la prison de Santa Yuccata. Veuillez préparer votre bagage, je vous prie. Je vais vous accompagner.

Doris ne répondit pas. Il me sembla qu'elle mettait une sorte d'entrain à obéir à l'ordre de Hal. En passant devant moi, elle m'a fixé.

— Merci, Mr. Bellano. Je n'oublierai pas ce que je vous dois. On ne me gardera pas longtemps en prison quoi qu'en puissent prétendre vos amis. Je n'ai rien fait de répréhensible sinon d'obéir à mon mari. Quant à l'adultère, je n'imagine pas que le F.B.I. ait à s'en occuper.

Tous nous savions qu'elle disait vrai et que le coup de bluff tenté par Hall avait échoué. J'étais certain qu'il se reconnaîtrait battu au moment de partir et qu'il ne l'emmènerait pas à Santa-Fé.

3

Les choses se sont passées ainsi qu'il était facile de le prévoir. Hal a reconnu qu'il n'avait pas de raisons juridiques à fournir pour justifier l'incarcération de Mrs. Greenlaw. Il apparaissait difficile de l'accuser de complicité dans une histoire dont on s'avouait incapable d'expliquer en quoi elle consistait. Puis, mes deux copains sont repartis pour Washington laissant à leurs collègues de Santa-Fé le soin de continuer l'enquête et moi, maintenant que Valdez et Frank étaient morts, je n'ai pas eu de mal à dénicher une chambre.

Je savais qu'il n'existait pas beaucoup de chances pour que je revoie Hal et Barney et j'en avais de la peine. Frank mort, Doris comme morte pour moi, je retombais dans cette solitude qui, maintenant m'épouvantait, car je me doutais que j'y vivrais en tête à tête avec mes souvenirs et mes remords. Par ma faute, les deux seuls êtres que j'avais aimés pour de bon, Rowena et Frank, étaient morts. Je n'avais plus envie de rejoindre Yalaha. Je n'avais plus envie de rien.

Le scandale avait été grand dans Santa Yuccata lorsqu'on sut le règlement de compte ayant eu lieu à la maison de la police. L'opinion avait, spontanément, lavé Frank de tout soupçon et, libérant sa haine envers Valdez, faisait de Greenlaw une sorte de héros qui s'était sacrifié pour épurer sa ville. La malhonnêteté révélée de Winchendon n'avait surpris personne. Chacun savait qu'avec le maire-adjoint on pouvait acheter n'importe quoi. Doris avait plié bagage et était partie pour une destination inconnue. Une lettre de Kay me disait que l'institutrice de San Isidro demeurait effarée de ce que les journaux racontaient et me félicitait d'avoir aidé à nettoyer cette sanie, mais elle regrettait les amis perdus et dont la perte l'isolait plus encore que par le passé. Je comprenais l'invite. Je n'avais, malheureusement pour Kay, plus la force de croire à n'importe quel avenir. Je ne répondis pas. Je m'en voulus d'agir de la sorte sans, pour autant, trouver en moi assez d'énergie pour triompher d'un découragement devenu mon lot quotidien.

Je ne quittai pas Santa Yuccata parce que je me posais trop de questions. Quelque chose m'arrimait à la ville où j'avais été heureux, il y a très longtemps. Je passais la plupart des heures à tenter de résoudre les problèmes se posant à mon esprit. Pourquoi Frank avait-il tué Valdez ? Je ne pouvais admettre l'explication de la jalousie qui aurait attendu près de douze années pour se donner libre cours. Pourquoi Julius était-il mort ? Pour qu'il ne révèle pas la mystification de la tombe ? Ça ne tenait pas debout ! Pourquoi Winchendon et Valdez avaient-ils marché dans la combinaison mise sur pied par Frank ? évoquer l'amitié ne collait pas non plus quand on savait que des trois, Greenlaw était le seul honnête. Pourquoi Doris m'avait-elle raconté ces horreurs sur le compte de Rowena ? pour m'éviter des remords ? Allons donc ! Doris me détestait ! Alors, pourquoi même — en admettant que Frank le lui ait défendu — ne m'avait-elle pas mis au courant tout de suite ? Elle aurait, de la sorte, plus facilement obtenu mon départ qu'en se déshonorant ainsi que son mari. Pourquoi, avant de mourir, Frank m'avait-il adressé, dans son regard, une supplication muette dont je ne saisissais pas le sens ? Pourquoi Doris avait-elle paru soulagée en apprenant la disparition de son mari et de son amant ? Je m'exaspérais de ne pouvoir atteindre une vérité que je sentais pourtant à ma portée. Il me fallait une base de départ pour échafauder n'importe quelle théorie et cette base, je ne parviendrais à la trouver qu'en partant d'une certitude indiscutable. Mais quelle certitude ? et brusquement, je compris que la seule m'étant offerte, la seule solide à partir de laquelle je pouvais m'en aller pour n'importe où, c'était l'amour profond, indiscutable, inépuisable de Frank pour Doris. Mais en quoi une pareille tendresse motivait-elle l'attitude de Greenlaw ? Ni Winchendon, ni Durham, ni le gardien du cimetière, ni Julius n'avaient à voir quoi que ce soit dans le problème sentimental opposant Doris, Frank et Valdez.

En dépit de mes espérances, je ne décollais pas de cette aire d'envol. Découragé, je décidai de boucler ma valise. Peut-être qu'au bord du lac Harris, loin du tumulte, dans le silence de la nature, mon esprit fonctionnerait mieux.

Au cours de ma dernière matinée, l'idée me vint de rendre visite à la veuve de Valdez. Parce qu'elle m'avait paru cynique et vulgaire, je me figurais que s'estimant vengée des infidélités de son mari, elle supportait son veuvage avec allégresse. Or, ce fut une femme vêtue de noir, laide parce que non maquillée, les paupières boursouflées qui m'accueillit. Elle me donna l'impression d'être légèrement ivre. La bouteille de rye et le verre bordé de rouge à lèvres posés sur la table ronde occupant le centre de la pièce où elle m'introduisit, me confirma que je ne m'étais pas trompé. Avait-elle donc du chagrin ?

— Pourquoi vous êtes-là, Monsieur dont je ne sais plus le nom ?

— Pour vous demander si vous avez deviné les raisons pour lesquelles Greenlaw a tué votre époux ?

— Non... Ils étaient copains, du moins je le croyais... Brandon obtenait ce qu'il voulait de Frank... On aurait dit, par moment, que c'était lui le patron... Il faut reconnaître que c'était lui qui s'envoyait le boulot...

— Vous n'avez jamais eu le sentiment — pardonnez-moi — que votre mari avait barre sur Greenlaw... qu'il exerçait une sorte... de... enfin de chantage ?

— Mon Brandon, un maître-chanteur ? Je vais vous prier de déguerpir et en vitesse ! espèce de dégoûtant ! Oser insulter un mort dans sa propre maison !

Pour apaiser son indignation, la veuve se versa un verre d'alcool qu'elle vida d'un trait.

— Vous avez plutôt du culot, hein ?

— Je désirerais surtout comprendre pourquoi votre époux est mort.

— Moi aussi.

Elle se mit à pleurer et gémit :

— J'ai tout perdu en le perdant... J'étais rien quand on s'est rencontré... Une pauvre chanteuse finie avant de commencer... Pour Brandon également, ça avait été dur... C'est, sans doute, à cause de notre poisse commune qu'on s'est bien entendu... Quand il m'a demandé de m'épouser, j'en croyais pas mes oreilles.

— Il y a combien de temps ?

— Juste quand il est entré dans la police.

— Et vous vous êtes toujours compris ?

— Toujours ! On était comme les deux doigts de la main... Il m'engueulait quelquefois parce que je raconte souvent des bêtises et ça le vexait, surtout quand nous n'étions pas seuls... Je faisais des gaffes, quoi !

— Vous ne pensez pas que... enfin qu'il vous ait trompée.

— Lui ? le pauvre... ! il n'y avait que moi qui comptais... Les autres femmes, il les regardait pas ! Peut-être parce qu'il était gêné d'avoir le teint un peu foncé... qui sait ?

— Pourtant, il y en a pour prétendre qu'il était du dernier bien avec Doris Greenlaw ?

La veuve éclata de rire.

— Doris ? Il ne pouvait pas l'empiffrer ! Plusieurs fois il a fallu que je les empêche de se crêper le chignon... Un jour, j'ai eu peur qu'il la frappe quand elle l'a traité de sale métis. On est resté plus d'un mois sans se causer avec les Greenlaw !

*
* *

Je perdais pied. Je ne m'arrachais à un mensonge que pour m'enfoncer dans un autre. Mildred Valdez était trop rusée pour que son mari ait pu longtemps lui jouer la comédie. Et ce mariage avait eu lieu alors que d'après Frank, sa femme et le Mexicain s'aimaient passionnément ! Pourquoi mon copain avait-il inventé cet adultère ? Pour cacher quel crime ? Je devais me faire une raison : je ne saurais jamais la vérité. En rentrant à l'hôtel, j'annonçai mon départ pour le lendemain.

CHAPITRE VI

I

Je revenais de la gare où j'avais pris mon billet pour Leesburg et désœuvré, je traînais dans les rues de Santa Yuccata. En passant à Jefferson Square, je revécus la scène qui m'avait opposé à Durham m'empêchant de prendre un taxi pour Puerto de Luna... Quels motifs avaient poussé ce flic véreux à m'interdire cette expédition ? Sans plus réfléchir, je montai dans la première voiture et je partis pour la petite ville où jadis vivaient Rowena et sa grand-mère.

Sitôt que j'eus mis pied à terre, je regrettai mon inutile escapade. Le passé m'avait sauté dessus dès les premières maisons de Puerto de Luna. Il m'écrasait. J'avais de la peine à respirer. J'étais passé, sans en prendre conscience, dans un autre temps, dans un autre monde. Il me semblait que j'étais poussé par je ne sais quoi sur un chemin que je connaissais bien. Je calmais les appréhensions de Rowena craignant les remontrances de sa grand-mère à propos de notre rentrée plus tardive qu'elle n'aurait dû. Les gens qui me croisaient se retournaient parfois sur mon passage ou me souriaient, amusés par ce gentleman parlant seul. Ils ne pouvaient deviner que je m'efforçais de rassurer Rowena en lui affirmant que je dirais à sa grand-mère que tout était ma faute.

En entrant dans la rue où habitait jadis la vieille dame, je fus obligé de m'appuyer contre un mur pour reprendre haleine, pour retrouver la force d'arriver jusqu'à la demeure de Mrs. Bryant. Devant la porte, je m'arrête et je réentends les bruits et les échos d'autrefois. J'attrape les mêmes rires, les mêmes cris, mais ce ne sont plus les mêmes enfants qui les poussent. Une femme qui sort de la maison, sans doute intriguée par mon comportement, s'approche et me demande :

— Vous cherchez quelque chose, Monsieur, ou quelqu'un ?

— Quelqu'un... quelqu'un qui n'est plus là...

Elle me dévisage, légèrement inquiète.

— Qui donc, sans être indiscrète ?

Je ne sais vraiment pas pourquoi je lui réponds :

— Mrs. Bryant...

— Eh bien ! vous avez de la chance, il n'y a pas cinq minutes qu'elle est rentrée !

C'est à mon tour de la regarder. Se moquerait-elle de moi ? Non, c'est impossible puisqu'elle ignore qui je suis.

— Nous ne parlons pas de la même personne, Madame.

— Ah ?... pourtant ici... je n'ai jamais connu que Mrs. Clarissa Bryant...

— Clarissa, oui... mais ma Mrs. Bryant est morte.

— Morte ? en voilà une idée ! Il y a un instant encore, elle m'a paru drôlement vivante en dépit de ses soixante-dix-huit ou dix-neuf ans !

Un vertige fou m'oblige à fermer les yeux. Je ne sais plus dans quel univers je suis : celui du rêve où je me perds depuis mon arrivée à Puerto de Luna ou le monde de la réalité... Cette femme qui me parle de la grand-mère de Rowena comme d'une vivante appartient-elle au songe ou... Je tends la main pour lui toucher le bras. A ma figure, elle comprend que je ne nourris pas de mauvaises intentions. Elle dit :

— Ça ne va pas, mon garçon ?...

— Je ne sais plus... Je ne comprends plus... Mrs. Bryant ? Ce n'est pas possible qu'elle vienne de rentrer chez elle puisqu'elle est morte !

— Décidément, vous lui en voulez à notre pauvre Clarissa ? Une si brave femme !

— Je ne peux pas le croire ! Vous entendez ? Je ne peux pas le croire ! Je vais me réveiller ! Il faut que je me réveille !

— Dites donc, mon garçon, il y a une manière bien simple de savoir si vous délirez ou pas, si je suis folle ou non : allez frapper à la porte de Clarissa Bryant, c'est au...

— ... troisième, porte à droite.

Elle me prit par la main et me conduisit jusqu'au seuil de la maison et me poussant légèrement dans le dos :

— Grimpez à présent et vous l'aurez, votre certitude !

Je n'osais pas. La main sur la rampe de l'escalier, je demeurai immobile devant la première marche. La complaisante voisine m'avait abandonné. Je me sentais en pleine confusion mentale. Une morte qu'on prétendait vivante... Je ne voulais pas y croire. Tout en moi se dressait contre une pareille éventualité absurde. La réponse se trouvait à quelques mètres au-dessus de moi. Je n'avais pas encore le courage de monter la chercher. Je m'accordai une pause en prenant le temps de fumer une cigarette. Doucement, l'ordre se réinstalla dans mon esprit et la logique suivit. Une autre Clarissa Bryant... Je posai le pied sur la première marche.

Au bout de quelques minutes, je me suis arrêté devant la porte de Mrs. Bryant. Le bras que j'ai levé était très lourd. En frappant, j'avais l'impression d'effacer les années écoulées. J'ai surpris l'écho d'un pas léger. Et puis, doucement la porte s'est ouverte et Mrs. Bryant la grand-mère de Rowena, m'a demandé :

— Vous désirez ?

J'étais reparti dans une sorte de délire où tout se mélangeait. Je me trouvais dans l'impossibilité absolue de parler. Mon silence a dû l'intriguer et elle s'est approchée pour mieux voir mon visage.

— Qu'est-ce que vous...

Sa voix expira et dans un souffle, elle dit :

— ... Mon Dieu !... Tony... Tony Bellano...

Je croassai un oui à peine audible.

— Il ne fallait pas... Mais je pense que c'était la volonté du seigneur que ce jour arrive... Entrez, mon petit.

*
* *

Nous étions assis dans le petit salon où le temps était aboli. Je tenais les mains de Mrs. Bryant dans les miennes, je les serrais, je les caressais, je les embrassais et je ne trouvais rien à dire que :

— Vous n'êtes pas morte, grand-mère... la femme avait raison... vous n'êtes pas morte... vous n'êtes pas morte !

— Non Tony, je ne suis pas morte... Peut-être est-ce une erreur...

Mais je n'entendais pas, pris, subjugué, écrasé par ce que j'appelais déjà un miracle. J'avais envie de prendre cette vieille femme dans mes bras, j'avais envie de rire et de pleurer, j'avais envie de tomber à genoux et je ne bougeais pas parce que j'étais incapable de faire quoi que ce soit. Brusquement, il y eut une déchirure dans mon esprit et comme si je l'avais quittée la veille je demandai :

— Et Rowena ?

— Elle vit aussi, mon petit.

J'en étais tellement persuadé depuis que j'avais retrouvé Mrs. Bryant que la nouvelle ne me surprit pas.

— Où est-elle ?

— Chez les Dames de la Rédemption, à l'autre bout de la ville.

— Je connais... Nous y sommes allés ensemble autrefois... Grand-mère ! elle n'est pas devenue religieuse, au moins ?

— Non.

— Non.

— Alors, je cours la voir et je reviens !

— La voir, peut-être pas, mais lui parler sûrement... Je vais la prévenir de votre arrivée... Le choc serait trop brutal.

— A tout à l'heure, grand-mère !

— Agenouille-toi, Tony.

Pour la première fois, elle me tutoyait ! Un peu interloqué, j'obéis. Du pouce, elle me dessina le signe de la croix sur le front, puis se pencha pour m'embrasser.

— Si tu es de nouveau là, tout à l'heure, ce sera une preuve supplémentaire de l'infini miséricorde du Seigneur...

2

Le couvent des Dames de la Rédemption s'élève au fond d'un parc plein d'essences exotiques. Les portes s'ouvrirent devant moi sans difficulté. Une vieille nonne me reçut et me fit entrer dans une pièce sévère où sur le mur blanc se détachait un grand Christ torturé, à la mode espagnole.

— Je vais prévenir notre Mère...

Elle disparut sans rompre le silence pesant qui semblait régner dans la belle demeure. Je n'ai pas entendu venir la Mère Supérieure. D'un coup, elle a été là, devant moi. Une belle femme au visage lisse avec un air de distinction.

— Mr. Bellano, je pense ?

— Oui, ma mère.

— Mrs. Bryant nous a annoncé votre visite... C'est pour Rowena Blackwood, n'est-ce pas ?

— Oui.

— C'est la première fois que vous allez lui parler depuis... ?

— Depuis douze ans, ma Mère.

— Vous vous aimiez, je crois ?

— Le goût de l'aventure m'a fait l'abandonner.
— Je suis au courant.
— Je viens lui demander pardon et la supplier de faire notre vie ensemble.
— Mr. Bellano... Pour cette rencontre, ne soyez pas trop impatient... On lui a appris que vous étiez ici... Elle est un peu énervée... Elle a besoin de beaucoup de ménagement... Je compte sur vous.
— Est-elle malade ?
— Pas exactement.
— Folle ?
— Quelle idée ! absolument pas ! Nous l'aimons beaucoup. Etes-vous prêt ?
— Oh ! oui !
— Ah ! encore un mot... Vous ne la verrez pas... vous l'entendrez seulement.
— Ne pas la voir ! mais...
— Vous ne voudriez pas violer la règle de notre ordre pour votre première visite, Mr. Bellano... Il y aura tant et tant de jours pour vous deux après celui-là.
— Je ne comprends pas !
— Qui peut se vanter de comprendre les desseins de l'Eternel, mon fils ?

*
* *

Après m'avoir conduit dans une sorte de salle obscure de faibles dimensions, éclairée par la lumière tremblotante de plusieurs cierges, la Mère s'est retirée. Je suis devant une sorte de grille derrière laquelle est tendu un rideau. Je ne bouge pas. Je n'ose pas bouger et toujours cette sensation d'être dans un monde qui n'est pas le mien, qui ne ressemble pas au mien. Soudain, je perçois, de l'autre côté du rideau, une porte qui s'ouvre silencieusement, puis un pas feutré, léger et encore un mouvement derrière le rideau qui ondule imperceptiblement. La gorge serrée, je demande :

— C'est toi... Rowena ?

— Oui.

Je reconnais sa voix.

— Oh !... Rowena... ma Rowena... si longtemps, si longtemps...

— Oui, Tony... Pourquoi es-tu revenu ?

— Parce que je t'aime.

— C'est gentil...

— Non, Rowena... Je te le dis parce que c'est vrai... J'ai mis beaucoup de temps à comprendre que je ne pourrais pas vieillir sans toi.

— Ton métier ne te satisfait plus ?

— C'est lui qui ne veut plus de moi.

— Et voilà pourquoi tu es là ? Parce qu'il n'y a plus personne autour de toi ?

— Non... simplement ce malheur m'a donné, enfin, l'occasion de réfléchir, de dresser un bilan... Je me rends compte que sans toi ma vie ne rimerait plus à rien... et puis quand j'arrive à Santa Yuccata, on m'apprend que tu es morte depuis plus de dix ans... On me montre ta tombe et celle de ta grand-mère... On essaie de me marier... à une jeune veuve... gentille, solide, je dis presque oui, mais il y a toi...

— Puisque je suis morte ?

— Mon amour vit toujours, lui... Je ne peux pas m'en déprendre... Je t'aime, Rowena... Je n'ai jamais aimé que toi... Je sais que je ne pourrai jamais aimer une autre que toi !

— Pauvre Tony...

J'hésite, je n'ose pas poser la question qui me brûle les lèvres. Je me décide.

— Rowena... est-ce que tu m'as oublié ?

Un silence qui se prolonge. Je commence à avoir peur.

— Tu es en moi Tony depuis ton départ et tu y resteras jusqu'à ma mort.

— Alors, Rowena chérie, tu es encore jeune et j'ai beau être assez mal en point, je ne suis pas un vieillard... J'ai acheté une petite maison sur le bord du lac Harris, à Yalaha, en Floride... Si tu le veux, nous pourrons encore être heureux... Tu comprends, je te croyais morte et... et je te retrouve ! Je ne réalise pas bien ce qui m'arrive, ce qui nous arrive... Mais je suis si heureux que je penserai à tout cela plus tard... Dis-moi que tu viendras avec moi, mon aimée ?

— Non...

Elle a murmuré ce non plus qu'elle ne l'a dit.

— Tu m'as donc menti ? Tu ne m'aimes plus ?

— Je t'aime, Tony...

— Dans ce cas, pourquoi refuses-tu ?

Elle a un petit rire triste.

— Parce que j'y suis obligée...

— Enfin, donne-moi une raison valable ! et d'abord, pourquoi ce voile qui nous sépare ? Pour quelles raisons m'obliges-tu à te parler sans te voir ? Pourquoi te caches-tu ?

Je l'entends qui pleure. J'insiste.

— Je t'en supplie, Rowena, réponds-moi ?

— Oh ! Tony, parce que...

— Parce que ?

— ... parce que moi, je ne peux plus te voir...

*
* *

Je ne me souviens plus bien de ce qu'il s'est passé entre l'instant où j'ai entendu le bruit de la chute de Rowena et celui où je me suis retrouvé allongé sur le divan du petit salon de Mrs. Bryant. Ce dont je me rappelle — du moins, me le semble-t-il — c'est la main de la Mère Supérieure sur mon épaule, une main douce et forte à laquelle je ne pus résister et qui m'entraîna dehors en chuchotant à mon oreille :

— Il faut montrer beaucoup de courage et avoir confiance même quand cela paraît impossible... C'est à ce moment-là que Dieu est content qu'on croie en Sa miséricorde.

Puis le taxi où l'on me pousse, le chauffeur qui m'aide à monter des escaliers, enfin la main de la grand-mère dans la mienne.

Maintenant, je reviens doucement parmi les gens qui ne dorment point et je vois le doux visage — un visage sillonné de larmes — de grand-mère qui répète :

— Mon pauvre petit... mon pauvre petit... mon pauvre petit.

— Dites... Ce n'est pas vrai ? Ça ne peut pas être vrai !

J'ai passé la nuit à écouter la grand-mère. Elle m'a raconté la pitoyable aventure de Rowena et, par là, m'a expliqué ce que je ne pouvais deviner à Santa Yuccata. L'effrayant malheur de ma bien-aimée avait déterminé la mort de Frank, celle de Valdez, celles de Julius, de Durham, du gardien du cimetière. Le plus hallucinant pour moi était que tout s'affirmait de ma faute. Pourrais-je supporter cette idée, cette vérité durant les jours qu'il me restait à vivre ?

Sur ma prière, Frank avait expliqué à Rowena les pauvres raisons m'ayant fait l'abandonner. La petite s'était effondrée et, avec son bon cœur, Frank — qui se sentait sans doute un peu coupable parce qu'il était mon ami — avait souvent revu Rowena pour l'aider à surmonter son chagrin. Il redoutait un geste désespéré de sa part. Or, un après-midi, Doris les avait vus tous les deux. Doris adorait son mari qui lui rendait sa tendresse, mais Doris était jalouse. Parce que Frank, par pudeur, ne lui parlait pas de sa tâche de bon Samaritain, elle laissa aller son imagination. Rowena étant plus jolie qu'elle, elle se convainquit qu'elle l'avait supplantée dans le cœur de Frank. Dès lors, elle ne pensa plus qu'à se venger. Un soir où Frank avait rendez-vous avec Rowena, elle avait chipé le revolver de son mari et, s'approchant de ma bien-aimée, elle lui avait tiré une balle dans la tête. Rowena n'était pas morte de sa blessure, mais elle était devenue aveugle. En même temps, qu'elle faisait son geste, Doris en réalisait l'horreur et remontant en hâte dans le taxi qui l'avait amenée de Santa Yuccata à Puerto de Luna, se faisait ramener chez elle. Le chauffeur de ce taxi s'appelait Brandon Valdez. Il avait naturellement, tout vu et il sut vite l'identité de la criminelle. C'est parti de là.

Doris avoua à son mari le crime qu'elle venait de commettre. Le seul souci de Frank était de protéger sa femme des poursuites judiciaires. C'est lui qui a fait entrer Rowena chez les Dames de la Rédemption et qui sut imposer silence à l'hôpital. Depuis le malheur, il payait les frais d'entretien de l'aveugle et assurait l'existence de sa grand-mère. Les deux femmes qui ne poursuivaient pas de projet de vengeance, préférèrent se taire et avoir leur avenir assuré. De plus, mon abandon avait tué en Rowena toute volonté d'aimer à nouveau. Devenue un objet de pitié, elle était désormais contrainte de tenir la promesse qu'elle s'était faite. Se retrancher du monde lui convenait.

Pareil à l'homme qui se noie et se raccroche, en vain, à ce qui passe à sa portée, je suppliai la grand-mère de m'apporter un peu de réconfort :

— Ne peut-on espérer qu'un jour ?

— Hélas ! non...

Farouche, je décidai :

— Je tuerai Doris Greenlaw !

— A quoi bon ? Elle a perdu ce à quoi elle tenait le plus au monde, son mari. Maintenant, elle va essayer de vieillir avec tous ces morts sur la conscience... Ce n'est pas une mauvaise femme... La jalousie l'a rendue folle... Peut-on en vouloir aux fous de leur folie ?

Au petit matin, j'ai quitté Puerto de Luna dans un taxi conduit par un chauffeur mal réveillé. J'avais longuement embrassé la grand-mère en lui promettant de revenir la voir. Je mentais. Maintenant, Rowena et Mrs Bryant étaient réellement mortes pour moi.

3

Le train pour Leesburg ne part que dans trois heures. Je ne retourne pas au *Silver Ring*, je serais obligé de raconter... Je ne veux voir personne, je n'ai envie de parler à personne. Fatigué, j'entre dans l'église de Santa Magdalena et dans la pénombre, je m'assieds sur une chaise où je ne tarde pas à m'endormir. On me secoue sans brutalité. J'ouvre un œil et je vois un très vieux prêtre.

— Fatigué, hé ?

— Oui, padre... mais d'une autre fatigue.

— Je m'en doute. Ecarté de Dieu ?

— Depuis longtemps.

— Il ne vous manque pas encore ?

— Je ne sais pas.

— Pourquoi n'osez-vous pas répondre par l'affirmative ?

Il s'assied à côté de moi et dit :

— C'est curieux comme nous nous croyons toujours obligés de faire des manières pour rejoindre ceux qui nous aiment et qui nous appellent... Venez avec moi.

Je le suis sans protester. Nous arrivons à la sacristie. Il me fait asseoir, prend place en face de moi, met ses mains sur les miennes et, dans un murmure :

— Maintenant, racontez-moi pour que je puisse vous aider à porter votre charge.

Et moi qui étais résolu à ne rien confier à âme qui vive, moi qui souhaitais m'enfermer dans le silence de ma maison de Yalaha, je me montre intarissable. Je n'omets rien, depuis ma rencontre avec Rowena et nos tristes retrouvailles de la veille. Je conclus, désespéré :

— Padre, il m'est insoutenable de penser que mon égoïsme d'homme jeune, mon ambition, ma vanité sont la cause de ces malheurs qui ont atteint ceux que j'aimais...

— Il ne vous est jamais venu à l'esprit qu'Il s'est servi de vous pour de grands desseins que vous n'êtes peut-être pas encore en état de comprendre ?

— Je ne saisis pas ce que...

— Vous avez cru oublier cette jeune fille que vous aviez tant aimée... Et il a suffi que vous soyez frappé dans votre chair, que le monde vous repousse en partie pour qu'aussitôt vous vous tourniez vers celle dont vous vous figuriez ne plus vous soucier... Pour elle, Dieu aussi l'a enchaînée à votre souvenir en la plongeant dans la nuit... Que vous l'acceptiez dès maintenant ou pas, elle et vous êtes liés à jamais... Plus tôt vous l'admettrez, plus tôt vous connaîtrez la paix...

*
* *

Assis sur un banc de Jefferson Square — ainsi qu'autrefois lorsque je guettais la venue de Rowena — j'essaie de voir clair en moi. Il faut que je fasse l'effort nécessaire pour m'arracher à ce sentiment de culpabilité, pour tenter de donner une interprétation nouvelle à ce drame. Je dois oublier nos malheurs physiques pour me cantonner dans l'univers immatériel des sentiments, le seul qui compte en définitive. Qu'est-ce que je découvre alors ? Que je n'ai jamais cessé d'aimer Rowena qui m'a toujours aimé, que Frank et Doris s'aimaient assez pour tout sacrifier à leur amour et qu'ensemble, ils étaient restés fidèles à notre commune tendresse de jadis pour risquer n'importe quoi à condition que je n'éprouve pas ce que je viens de ressentir au cours des dernières heures ; seules ombres noires, Valdez le maître-chanteur qui n'a jamais eu à détourner la fidèle Doris de son devoir, Durham la brute policière, le gardien du cimetière borné et lâche, mais tous deux sont quand même éclairés par la douce lumière du pauvre Julius parti rejoindre ses morts sur lesquels il veillait avec tant de douceur. Il y a encore Winchendon, mais qui se soucie de ce médiocre ? Alors, en définitive, la clarté ne l'emporte-t-elle pas sur les ténèbres ?

Le soir tombe doucement. C'est comme une grande étoffe grise légère, quasi impalpable qui m'enveloppe. Un policeman s'approche de moi.

— Pas d'ennui, Monsieur ?

Je lui souris dans la pénombre.

— Au contraire ! Je sais enfin ce que je vais faire !

— Vous avez de la chance, Monsieur.

Et de son long pas ennuyé, il s'en fut voir si, sur les bancs du square, des couples n'en prenaient pas trop à leur aise.

Je m'accorde un instant pour bien mettre au point ma décision. Voilà : je vais me rendre à la gare pour reprendre ma valise, puis je monterai dans un taxi qui me conduira à Puerto de Luna. Je sonnerai chez grand-mère et je dirai :

— C'est moi... Je viens m'installer chez vous... J'ai beaucoup plus d'argent qu'il ne m'en faut pour vivre... Tous les jours, j'irai voir Rowena et d'ici quelques semaines, lorsqu'elle aura de nouveau confiance en moi, je lui demanderai sa main et nous nous marierons au couvent et je la ramènerai ici, grand-mère. Puis, tous les trois, nous partirons pour Yalaha. Vous verrez, grand-mère, nous finirons par être heureux quand même ! De loin en loin, je retournerai à Santa Yuccata pour fleurir la tombe de Frank, et si Doris revient un jour, nous lui pardonnerons... N'est-ce pas, grand-mère ? Puisque les vivants nous ont repoussés vous et moi, nous nous écarterons du monde. Nous serons heureux, grand-mère, je le sais,... parce que vous, Rowena et moi, nous ne serons plus jamais seuls.

Planfoy, août 1973

IMPRIMÉ EN FRANCE PAR BRODARD ET TAUPIN
7, bd Romain-Rolland - Montrouge - Usine de La Flèche.
ISBN : 2 - 7024 - 0300 - X

H 52/1345/9